KB080623

봄밤이 끝나가요,
때마침 시는 너무 짧고요

창비시선 458

봄밤이 끝나가요, 때마침 시는 너무 짧고요

초판 1쇄 발행 / 2021년 5월 25일
초판 6쇄 발행 / 2024년 6월 3일

지은이 / 최지은
펴낸이 / 염종선
책임편집 / 이해인 박문수
조판 / 박지현
펴낸곳 / (주)창비
등록 / 1986년 8월 5일 제85호
주소 / 10881 경기도 파주시 회동길 184
전화 / 031-955-3333
팩시밀리 / 영업 031-955-3399 편집 031-955-3400
홈페이지 / www.changbi.com
전자우편 / lit@changbi.com

* 이 책은 서울문화재단 '2019년 첫 책 발간 지원사업'의
  지원을 받아 발간되었습니다.

봄밤이 끝나가요,
때마침 시는 너무 짧고요

최지은 시집

창비

제 1 부

이 꿈을 어떻게 끝내야 할까

폭염

약속은 잊은 채 거실에 누워 있는 일요일 오후
거북이 한마리 발목을 스치고 검은 머리칼 사이로 숨어
든다

가끔씩 새우가 튀어오르기도 하는
여름날의 투명한 꽃병

반만 열린 창밖에서 하얀 올빼미떼 하염없이 날아들 때
내 머릿속 가득 짖어대는

내가 잃어버린 개들

칠월, 어느 아침

어머니는 곁에 누워 나를 재웁니다
아이를 달래듯 뜨거운 이마를 한번씩 짚어주며

너를 가졌을 때 이야기야,

꿈 이야기를 들려줍니다
겨울 숲의 자두
새가 찌르고 달아난 자리로 단내가 풍기고
살짝 침이 고이기도 하는 이야기

어머니의 이야기는 열을 내려줍니다

이내 나는 자두 꿈을 꾸며 더 깊은 잠에 빠지고

어머니의 벌어진 앞니 사이로
흰 눈. 붉은 자두. 멀어지는 새.
나의 여름이 시작되는 곳

얼마 지나지 않아 부엌에선

통조림 뚜껑을 따는 소리가 들려오고
늦은 저녁을 하고 있는 어머니의 뒷모습

문득
내가 세살이 되던 해 어머니는 다른 사랑을 찾아 집을 떠
났는데
저녁을 하고 있는 어머니는 누굴까 생각하는 사이
또 한번, 통조림 뚜껑이 열리는 소리

붉고 통통한 강낭콩이 우르르 쏟아집니다

하얀 식탁보. 투명한 유리 화병. 흔들리는 스카비오사.

고요가 생겨납니다

나는
등 돌린 어머니의 몇걸음 뒤에 서
신이 나도록 떠들어보기도 하지만

어머니께 무슨 이야기를 들려드리고 있는 것인지
나는

나만은 영영 알지 못합니다

  눈을 뜨자 내 곁엔 검은 개가 배를 드러낸 채 깊은 잠에 빠
져 있고

  오늘은
나의 생일

시큼하고 달콤한 향기가 섞이어 풍겨옵니다

이 여름이 한번 더 지나가도록

짧은 꿈의 손님은 모른 척 숨겨두기로 합니다

어두운 아침입니다

우리들

　심야 버스였다. 내릴 곳을 몇 정거장 앞에 두고. 밝은 빛이 덤벼드는 검은 도로 위에 있었다. 우리들은 집에서 나를 기다리고. 냉장고에는 내가 오면 나누어 먹으려던 한 소쿠리의 무른 딸기. 잘자리에 과일을 먹어 어쩌니. 우리 중 한 사람이 말하고. 자꾸만 흐르는 과즙. 말없이 과일을 입에 물고서. 우리는 이불과 이불을 덧대어 잠자리를 만든다. 이불을 덧댄 자리에 서로 눕겠다며 조그맣게 같이 웃고. 이제 자야지. 그래 자야지 그만 자야지. 미루고 미루는 잠. 먼저 잠드는 사람이 있고 잠이 들려 하는 사람이 있고. 잠들기 위해 먼 길을 돌아온 사람이 있고. 한 사람은 깨어 있기로 한다. 어금니에 낀 딸기씨를 혀끝으로 건드리면서 잠은 어떻게 드는 거였더라. 서로의 잠을 위해 잠자는 우리들. 눈 뜨면 아직도 어두운 새벽이고. 나를 핥는 검은 개. 몇해 전 이 방에서 죽은 그 검은 개. 어쩐 일이야 물으면 작고 붉은 혀로 나를 핥으며. 혀는 더 부드러워져서 나는 이제 녹을 것만 같고. 아직 밖은 어두운데. 이불 속에서 몸을 일으키는 한 사람. 나는 본다. 헝클어진 머리. 손을 뻗어 액자를 손에 쥐는 한 사람. 바라보고 있다. 어두운 방 안에 누워. 사진 속의 나는 개를 안고서. 웃고 있었다. 여전히 개는 나를 핥고. 이 장면 속에 내가 있었다.

전주

삼례, 완주를 지나 전주였다. 그곳에 아버지의 방이 있었다. 방은 뜨거웠고. 구석으로 자꾸 물이 고이는. 소리도 없이 물이 차오르는 방이었다. 아버지는 물을 퍼내고 있었다.

물은 물이니까 들어오고 물이니까 고이고 물이니까. 퍼내야 했다. 물은 끝까지 방으로. 방으로 들어오고 있었다. 물을 오래 만진 손은 물을 닮아갔다. 만지고 나면 오래 손을 씻어야 했다. 아버지는 물을 푸고 있었다.

물은 안으로 고였다. 안에서만 보였다. 무언가 상한 것 같은 냄새가 나는 물이었다. 냄새는 옮아가며 부유하고 있었다. 그곳엔 다른 계절이 따로 붙어 있는 것 같았다.

아침이었다. 아버지는 물을 푸고 있었다. 나는 집을 나서려 했다. 물을 푸는 아버지를 한번 보기는 하고. 문이라는 생각도 없이 문을 찾았다. 문은 벽에 붙어 있었다. 벽은 끝에 있었다. 손잡이를 돌리자 내 손에도 물이 조금 묻어났다. 왔던 길을 거슬러 나는 돌아갔다.

다시 그곳을 찾았을 때. 일이 난 지 보름은 지난 상태 같다고 했다. 삼례, 완주를 지나 전주로 들어서고 있었다.

부고

맑고, 약간 더운 바람이 부는 일요일의 정오
삶은 감자가 식어가는 여름이고

돌아가는 선풍기에 안방 문에 늘어뜨린 발이 부풀었다 가
라앉는

너는 거실에서 마른 수건을 개다 말고
한쪽 팔을 구부려 옆으로 눕는다

수건에서 맡기 좋은 풀 냄새가

방바닥은 숲의 언저리처럼 서늘해서
어느새 숲을 기웃거리기까지 하고

가느다란 비가 내린다. 직박구리. 작은 머리 작은 부리가
보이고. 직박구리. 너는 말하고 듣는 귀가 없고. 직박구리.
직박구리. 눈이 마주치고 멀어지지 않는다. 너는 손을 내밀
어 새를 불러 앉히고. 살갗에 뭔가 스칠 때마다 조금 뜨겁고
조금 가렵고. 겨우 두어걸음을 걷는 동안

숲이 좁아지고 물이 흐르고. 물가에 놓인 작은 베개. 너는 꿈속에서 다른 꿈을 부르려고 베개 위에 머리를 누이고. 태아처럼 웅크린다. 한쪽 귀가 물에 잠길 때. 저게 직박구리야. 아는 목소리가 들리고. 멀리 허공에선 아주 큰 독수리. 흰꼬리수리. 헛간 문이 날아오는 것처럼 아주 큰 독수리 날아들고 있다. 너는 어째서 너를 여기까지 데려왔을까. 깨달았을 땐 너무 깊은 꿈속이라 움직일 수가 없다. 달려드는 흰꼬리수리를 바라보면서. 저게 직박구리야. 계속 중얼거리는 목소리. 아직 도착하지 않은 흰꼬리수리. 금방이라도 너를 낚아챌 듯. 날고 있다

저게 직박구리야.

눈을 뜬다
깨고 나서야 어린 너에게 새 이름을 가르쳐주던 그 목소리를 알아채고

목덜미와 겨드랑이에 살짝 땀이 나고, 열띤 두 뺨이 붉어

져서
　　흰꼬리수리 아직도 너를 내려다보는 것 같고

　　물 한잔을 따르며 생각한다

　　아버지와 연락을 끊은 지 여섯달이 지나고 있었다

　　보리물에 떠다니는 찌꺼기를 건지려고 손가락으로 건드
릴 때
　　물고기처럼 달아나 잡히지 않았다

　　숲과 삶은 감자와 보리물
　　수건의 여름 속에서

　　전화벨이 울린다

　　두드러기가 손등 위로 번지고 있을 때였다
　　두드러기. 두드러기. 두드러기.
　　소리 없이 살결 위를 지나가는

이 꿈을 어떻게 끝내야 할까

두드러기. 두드러기.
전화벨이 계속 울린다

너는 잠든 것처럼 멈춰 서서
오래도록 듣고 있었다

여름이 식어가고 있었다

사랑하면 안 되는 구름과
사랑하지 않으면 안 되는 구름에 대해*

저는 매일 생각하고 있어요.

아버지의 잠
아버지의 입술
아버지의 그네

저는 어디까지 아버지를 닮아갈까요.

아버지의 잠
아버지의 입술
아버지의……

어디까지 닮아볼까요.

입술을 열면 희고 단단한 알약이 이빨처럼 쏟아질 것 같
습니다. 입안 가득 졸피뎀. 약속처럼 흔들리는 그네. 이제는
아무것도 묻지 않고 다만
　나의 검은 개에 대하여 이야기할 시간.
　숨을 크게 쉬어봅니다.

흔들리는 그네가 보입니다. 아버지의 그네. 거뭇한 아버지. 움직임 없는 아버지. 웅성거리는 목소리. 나를 때리는 목소리. 도망칠 수 없습니다. 돌멩이처럼 굳은 두 발. 점점 더 작아지는 두 발. 울고 있는 나의 발. 서둘러 또다른 꿈을 만듭니다. 생각해봅니다.

젊은 아버지와 앳된 어머니가 서 있습니다.

낡고 작은 성당. 빛이 듭니다.

이제 두 사람 사이에는 아무것도 없습니다
어리석은 사제는 이것을 사랑이라 부르기로 합니다
두 사람은 교회를 떠나 서로의 얼굴이
투명해질 때까지 걸어가십시오

신부의 퇴장과 함께 두 사람의 식이 끝나고
두 사람 사이에 긴 여름이
가난이 노동과 울음 폭우와 홍수 가뭄과 폭염 지진과 붕괴 눈물과 거짓말 거짓말 하얀 겨울 나라는 약속 어리석은

자녀가

모든 것이 희미해집니다 무거워집니다 마침내

기록적인 폭설.

물이 차오르는 아버지의 방. 창문 없이도 바람이 불어옵니다. 낮은 구름 검은 구름 뒤틀린 뼈 심장은 절뚝이는 걸음을 닮아갑니다. 오래된 집 오래된 서랍 오래된 약 너무 오래약을 먹은 아버지는 잠들기 전에 아침 약을 삼키고 있습니다. 아버지의 졸피뎀. 희고 단단한
아버지의 졸피뎀.

잠든 아버지의 곁에 누워 나는 중얼거려봅니다. 약속은구속 약속은 미래 약속은 성실 약속은 믿음……
그제야 잠든 아버지 내게도 말을 걸어옵니다.

오늘은 학교에서 무얼 배웠니
물고기도 물이 무서울까 꽃은 정원사의 기쁨이 될 수 있

을까 영원 속으로 사라진 사람의 죄와 용서 모르는 고양이의 장례 같은 어리석고 부끄러운 것에 대해서요

　그래, 더 어리석고 부끄러워지겠구나

　밤은 고요해 아버지의 목소리는 점점 더 또렷해지고. 아버지가 키우던 검은 개는 나를 바라보고 있습니다. 꼭 이럴 때면 나를 바라보기 위해 태어난 것 같은 얼굴을 하고. 오래 본 건 꼭 한번 만져본 것 같고 너무 오래 보고 있으니까 나는 금방이라도 두 눈이 멀 것 같고. 입술을 열고 희고 단단한 알약을 하나하나 삼키면 검은 개가 아버지의 검은 개가 짖기 시작합니다. 나는 개의 동공 속에 숨어 긴 잠을 청해봅니다. 개는 내가 올 줄 알았다는 듯이 다 안다는 듯이 내 곁을 지키고요. 개의 머리 위로

　검은 구름이 순하게 숨을 쉽니다.

　　　　　　　일어나세요 주인님
　　　　　충성을 약속해요 명령을 주세요
　　　　　　　그네를 밀어드릴까요

23

아버지가 검은 개를 꾸짖기 시작합니다. 나는 혼나는 기분이지만 아무도 벌하지 않아요. 검은 개는 나를 오래 핥고 있습니다. 깨어나지 않아도 좋은 꿈. 오래 꾸고 나면 이곳과 저곳이 뒤바뀌어 있지 않을까요. 여기가 안이라면 얼마나 더 걸어야 밖을 볼 수 있을까요. 여기가 밖이라면 얼마나 더 집을 잃어야 잠을 청할 수 있을까요.

한번은 아버지의 그네를 쫓다 바다까지 걸었습니다. 안과 밖이 뒤집히는 파도를 보면서 나는 저게 다 살아 있다고 말했습니다. 구름처럼 멈추지 않는
변하고, 변하고, 변하는
커다란 바다.

나는 검은 개를 보고 검은 개는 나를 바라보았습니다. 우리 사이에는 아무것도 없어요. 보이지 않아요. 투명하게 보이지 않는 것을 앓습니다. 마주 보고 또 보아도 보이지 않는 것이 있습니다.

그것을 봅니다. 끝없이 보다가 어젯밤에는 꿈속에서 아버

지의 목소리를 들었습니다. 나를 가졌을 때 단 과일을 입에 문 것 같았다고 들려주었어요. 안에선 모르는 밖의 단맛을 상상해보기도 하는 거지요.

때마침 알람이 울리고 부재중 전화를 확인합니다. 하나하나 안부를 읽어갑니다. 미래는 약속으로 가득 차 있습니다. 미래는 나를 앞질러 걸어가고요. 나는 꿈에서부터 가져온 답을 보냅니다.

가는
중이에요

불을 끄고 방을 나설 때

잠시 돌아보았습니다.

검은 개는 조용히
오늘도

빈방을 지키고 있을 겁니다.

* 조연호.

메니에르의 숲

눈이 내린다. 내리는 눈은 망원동의 눈이고. 네가 에두아르도 콘의 『숲은 생각한다』를 읽고 있는 휴일의 정오를 지나간다.

케추아어로, 추푸tsupu 혹은 …… 추푸우우tsupuuuʰ로 발음되는 이 말은 어떤 것이 물에 맞닿은 후 물의 표면을 뚫고 들어가는 모습을 가리킨다. 이를테면 연못에 던져진 무거운 돌덩이나 물웅덩이로 뛰어드는 상처 입은 페커리의 탄탄한 살덩이를 생각해보라…… 너는 소리 내 따라 읽다가 여기에 이르러 창밖으로 눈을 주고. 이례적인 폭설에 망원동의 소음은 둔탁해지고 눈꺼풀이 무겁다. 망원동의 잠. 추푸. 추푸.

아까부터 익숙한 삼나무숲을 걷고 있었는데. 순록 한마리. 두마리. 저 둘 사이에 작고 어린 순록 하나 더 있다면 마음이 좋을 텐데 생각하자, 어린 순록이 눈 위에 뿔을 비비는. 눈 덮인 적막한 숲속에서 두마리의 순록이 먹은 것을 게워내는 소리가 울린다. 참 아름다운 장면이구나 생각하는데. 추푸. 물속으로 뛰어드는 커다란 순록 두마리. 네가 아는 물이 이걸 좋아한다. 네가 아는 영혼들이 물속으로 사라졌듯

이. 어린 순록을 데리고

　너는 걷는다. 낡고 작은 통나무집이 보이고, 머리 위의 눈을 털며 들어선다.

　빛. 어둠. 빛. 어둠. 알전구의 풀스위치를 당긴다. 빛. 어둠. 빛. 어둠. 한꺼번에 사라지고 한꺼번에 밝아지고 한꺼번에, 아버지가 앉아 있다. 더는 늙지 않는 젊은 아버지가 낡은 나무 책상에 앉아 램프를 밝힌다. 빛. 어둠. 아버지는 어젯밤 네가 쓴 시를 읽기도 하고. 가만 보면 시를 써주기도 한다. 또박또박 한 글자씩. 더듬거리지 않고 분명한 발음으로. 또박또박 중얼거린다.

　　누구나 寺院을 통과하는 구름 혹은
　　조용한 공기들이 되지 않으면
　　한걸음도 들어갈 수 없는 아름답고
　　신비로운 그 城*

　이건 꿈속이구나 알아챘을 때 잠든 적이 없다는 걸 알아채고 아 이건 아버지의 꿈속이구나 다시 한번 알아챘을 때.

아버지의 잠이 너무 길다. 그러나 지친 아버지를 깨우지는 않으려고 너는 더 깊이 잠에 들고. 매일매일 늙지 않는 아버지가 너무 오래 잠을 잔다. 책상 위 어항의 금빛 물고기. 한바퀴 두바퀴 맴을 도는 사이

깨어나는 망원동의 잠. 창밖엔 아직도 눈이 내리는데. 메니에르. 메니에르. 일어날 수가 없다. 이럴 때면 너는 저 금빛 물고기가 되어버린 건 아닐까 생각하고. 물속으로 사라진 아버지를 생각하고. 그 뒤를 따라 물에서 잃어버린 너의 가까운 영혼들을 생각하고. 금빛 물고기 좁은 어항을 돈다. 메니에르 메니에르. 너는 어느새 물속에서 팔다리를 집어넣고 눈도 깜박 않고 아무 말도 하지 않고 가짜 돌멩이 가짜 이끼 가짜 수풀 속에서 이게 내 집이야, 맴을 돌고. 메니에르 메니에르.

아버지의 꿈은 길어서 다시 어린 순록과 눈을 맞추고. 순록은 커다란 눈을 껌벅이면서. 이 꿈속에 너만 있는 건 아니야, 말을 거는 것도 같다. 너는 참았던 오줌을 누고 싶어 발을 구르고. 모두 잠을 자러 간 걸까. 망을 봐줄 누구도 보이

지는 않고. 발을 구른다.

그러나 어느새 네 옆에 쭈그리고 앉아 함께 오줌을 눠주는 할머니. 이상하지, 아름답고 신비로운 그 숲. 어린 순록은 네 옆을 지키고 입 안에서 하얀 입김이 새어나온다. 얼어 있는 두 볼에 입김이 닿는 것도 같고 숲의 냉기가 밀리고 머물고

살갗 위로 살짝 소름이 돋는다. 망원동의 메니에르 금빛 물고기 휴일의 오후 속에서. 내리는 눈은 망원동의 눈이고. 투명한 어항 속에 물고기는 물이 된 지 오래고. 귓속에서 맴도는 금빛 물고기 중얼거리는 소리. 늙지 않는 아버지가 속삭이는 소리. 이상하지, 아름답고 신비로운 그 성에 들어간 사람들이 너에게 시를 다 들려주기도 하고.

* 기형도.

밤, 겨울, 우유의 시간

둘이 누워 눈만 껌벅이는 겨울밤이에요. 아버지가 키우던 검은 개를 옆에 두고. 종일 아버지를 기다린 개를 달래고. 어둠 속 개와 나. 서로의 눈꺼풀 내려앉는 소리 귀 기울여봅니다. 개의 눈이 감기고 속눈썹 끝으로 작은 물방울 하나 느리게 맺힐 때. 나는
꿈속으로 잠기어갑니다.

저물녘. 좁은 강. 금빛 여울. 작은 배에 홀로 앉아 노 젓는 아버지가 보였어요. 노잎 끝에서 물방울이 튀어오를 때 꿈의 입구는 더 환해지고. 내 안의 물소리가 출렁이기 시작했습니다. 너울거리는 물을 느끼고. 이제 거의 내가 물이 되어버린 것만 같았을 때 튀어오르는 물방울, 어느새 보랏빛 물고기 되어 익숙한 어둠 속으로 나를 끌고 갑니다. 안개가 짙어지는 곳. 햇빛이 끝나는 곳. 완전한 어둠. 아버지의 죽음을 목격한 아침처럼.

익숙한 나무집. 어릴 적 아버지가 그려준 숲속의 집이었어요. 내가 잠들 때까지 아버지가 그리던 집. 하얀 막이 덮인 뜨거운 우유 한잔을 나눠 마시면서요.

이제 여기가 아버지의 집이라고 했어요. 찻잔. 구두. 화분. 사진기. 낡은 책. 거울. 우산. 졸피뎀. 내가 버린 아버지의 세간이 거기 있었습니다.

아버지의 하얀 입김이 집 안에 흘러다녔어요. 나는 아버지의 따뜻한 입김이 어쩐지 희미한 휘파람처럼 느껴지기도 하고 산뜻한 바람 같기도 해서 마음이 좋아지는 거예요. 그동안 무슨 일이 있었는지 까맣게 잊은 것처럼 웃어도 보고요.

숨 막히는 보름달. 한쪽 뿔이 없는 노루 한마리. 검은등할미새. 호랑지빠귀. 강의 부빙 위로 내려앉는 눈의 소리를 들었습니다. 보이지 않지만 숨어 있는 검은 눈의 동물을 보고요. 사랑을 찾는 양서류. 잠든 이끼들. 아름답고 두려운 숲. 눈 내린 숲속에 붉은 여름 자두 하나 눈에 들어왔을 때. 내가 만든 꿈. 내가 만든 겨울. 내가 만든 시. 나의 어둠을 알아챘습니다.

나를 가졌을 때 아버지가 꾸었다는 꿈속의 자두였어요. 그때 곤줄박이 하나 날아와 나의 자두를 쿡 찌르고 달아나

고요. 상한 자두. 나의 자두. 나는 손목에 상처가 깊어져 이제 자두 하나도 손에 쥘 수가 없는데요. 벌어진 상처 사이로 아버지의 목소리 들려와요. 부드럽지만 단호한 목소리

　다신, 오지 마

　두번 더 아버지가 말하고

　텅 빈 집.
　빈방. 혼자. 목구멍이 뻐근하게 아려오는 꿈도 다 지나가고. 꿈속의 자두는 여전히 내 가슴에 품은 채. 개가 깰까봐 꿈의 기억은 몸속 깊이깊이 밀어넣었어요.

　검은 개의 곁은 왜 이렇게 어두울까. 잠든 개를 쓰다듬어봅니다. 느껴집니다. 미미한 자두의 맥박.

　누구에게도 어디에고 천장에 매달린 아버지에 대해 이야기하지는 않을 거예요.
　앞서가는 친구들을 따라가 팔짱 끼며 같이 가 같이 가, 제

가 막 웃기도 하고요. 더 먹어 더 먹어, 반찬을 올려주고 눈을 맞추고. 같이 걷고 싶은 그 사람 생각도 하고. 제가 그랬거든요.

고개를 저어요.

빈방. 하얀 종이. 내 시가 실려 가는 좁은 강. 홀로 눈 감으면 보이는 거예요. 하얀 우유의 시간. 달빛. 별빛. 물결. 바람. 나무. 모르는 연인들. 모르는 고양이. 내가 사랑하는 것만이 곁에 남아요. 상한 자두. 미미한 자두의 맥박. 사랑은 그대로 거기에 두고요. 느껴봅니다.
고개를 끄덕여요.

지금 내 발아래 검은 개. 나 몰래 꿈을 꾸고 있어요. 맑고 작은 눈물 하나, 뚝 떨어뜨리면

나 고개를 끄덕여요.

꿈속으로 나를 데려가요.

제 2 부

한없이 고요한, 여름 다락

구름 숲에서 잠들어 있는 너희
어린이들에게

내 눈동자 안으로 미모사. 나란히 양쪽으로 줄 서 있는 이파리. 할머니는 손가락 끝으로 잎을 살짝 건드려 보여준다. 느리게 움직이는 미모사. 이파리가 접히는 그 짧은 사이 무언가 나를 스쳐 지나갔다. 단 냄새가 났다.

덥고 느린 바람. 땀에 젖은 이마 위로 머리칼이 달라붙는. 초여름의 냄새. 할머니에게서 풍기던. 달곰하고 조금 시큼한.

나는 그 여름 속에 들어와 있었다.

몸속에 깊숙이 잠겨 있던 단 냄새가 올라왔다. 눈동자에는 미모사. 할머니의 뭉툭한 손가락. 두껍고 부서진 손톱. 그 풍경 속에서 박새가 지저귀는 소리

숲이 — 숲이 — 숲이 —

그걸 듣고 있는 내가
슬픔 슬픔 슬픔 웅얼거리고.

슬픔 숲이 슬픔 숲이 슬픔. 새들과 같이 떠들고. 낮잠 자던 할머니는 일어나지 않았다. 눈동자 안으로
여름 구름이 지나갔다.

석양. 구름은 느리게 어두워져갔다. 나는 검은 구름 숲으로 숨었다. 그로부터 돌아갈 수도 없고 돌아갈 길이 없어 자꾸 멀어지는 나의 집. 끝없이 끝없이 구름 숲이 계속되었다.

단 냄새를 찾으러

단소 끝으로 담벼락을 탕탕 치며 집으로 걸어가던
그해 여름 속 길어지는 골목에서

숲이 — 숲이 — 숲이 —
새들만 나를 놀리듯 따라다녔다.

할머니는 돌아갔다. 백년 전 할머니가 태어나고. 아직 말을 몰라서 비밀을 모르던 그때로 할머니도
돌아갔다.

수백년이 지나면 모두 깨어날지도 모른다는 말을 할머니가 들려준 적도 있었다. 그 말을 다시 들으려 하루에도 여러번 잠에 들었다.

눈꺼풀 위로 석양빛이 아른거렸다. 꿈이 지나갔지만
눈 감은 채 누워 있었다.

설. 늦은 오후였다. 몸 안으로 다시 숨어드는 달고 조금 뜨거운 것.
혼자였다.

나의 백년도 지나가고
말을 잃어버린 처음으로 잠시, 돌아간 것처럼. 아무 말도 생각나지 않았다.

내가 태어날 때까지

걷고 있다고 말했다 밤이라고 말했다 그대들은 밤에 어울리는 어둠을 찾았다 눈동자처럼 깊은 어둠이었다고 하자 그대들은 서로의 눈을 바라보았다 그 남자와 그 여자가 있었다 두 사람은 이야기 속에서 걷고 있었다 서로의 부은 손을 잡고 있었다 방 한칸을 얻으려 했다 깊은 밤을 배경에 두고 이야기 속에서 이야기가 되려고 걷고 있었다 남자와 여자는 노래를 만들었다 포개진 유리그릇처럼 어울리는 몸 둘은 노래 속에서 다른 몸이 되어갔다 나는 끝없이 노래를 이야기했다 그대들이 만들어내는 멜로디 속에서 노래는 완성되고 노래 속에서 여자의 몸은 붓고 나는 이야기 속에서 이야기했다 나를 낳은 사람과 낳은 사람을 낳은 사람들의 이야기 끝을 모르는 이야기 나는 작아지기도 했다 팔다리를 집어넣고 기억을 지우고 끝으로 끝으로 뒷걸음질하기도 했다 깊은 밤을 배경에 두고 걷고 있었다 이야기는 나를 환대하며 앞으로 앞으로 다가왔다 이야기 속에서 나는 태어나고 있었다

가정

우리는 말이 없다 낳은 사람은 그럴 수 있지
낳은 사람을 낳은 사람도
그럴 수 있지 우리는 동생을 나누어 가진 사이니까
그럴 수 있지

저녁상 앞에서 생각한다

죽은 이를 나누어 가진 사람들이 모두 모이면 한 사람이
완성된다

싹이 오른 감자였다
죽일 수도 살릴 수도 없는 푸른 감자
엄마는 그것으로 된장을 끓이고
우리는 빗소리를 씹으며 감자를 삼키고

이 비는 계절을 쉽게 끝내려 한다

커튼처럼 출렁이는 바닥

주인을 모르는
손톱을 주웠다

나는 몰래 그것을 서랍 안에 넣는다
서랍장 뒤로 넘어가버린 것들을 생각하면서

서랍을 열면 사진 속의 동생이 웃고 있다
손을 들어 이마를 가리고 있다
환한 햇살이 완성되고 있었다

우리는 각자의 방으로 흩어진다

우리가 눈 감으면
우리를 보러 오는 한 사람이 있었다

우리는 거기 있었다

열일곱

비 맞는
자두

자두나무에 묶어둔
긴 줄을 따라가면

물웅덩이
나를 따돌리듯이

텅 빈 하늘

그 위로 다시 비 맞는
빗방울

숨으면 마주치는
고양이 피부병을 앓는다

마주 앉아
흠뻑 젖으면

몸에선 새로운 뼈가 돋을 것 같아

오월이었다

다리를 절뚝이는 어린애가
허밍을 흘리며 나를 앞서 지날 때였다

열세살

모든 소녀는 멀미 중이야

언니는
어혈을 풀어준다는 찻잎을 물에 띄우고
동생은 노래지는 찻물을 바라본다
잎차는 금붕어처럼 헤엄친다

언니는 자꾸
뒤를 봐달라 한다
멀미하는 소녀들은 뒤를 조심해야 한다면서
자기만의 물고기를 들킬지도 모르니까

투명한 유리컵
붉은 물고기가 쏟아진다

소녀는 물고기를 낳는 꿈을 꾸고

졸고 있는 소녀 옆에
빈 유리컵 하나

그 안으로

여름의 빛이 일렁이고 있었다

한없이 고요한, 여름 다락

어두운 나무 계단
조금 습하고 서늘한 공기
나는 학교가 끝나면 언니가 읽던 책을 품고 다락에 올랐다

작은 창 너머
여름 매미 소리 다락 안으로 흘러들었다

언제부터였더라 이제 스무살을 넘긴 언니의 책장 속 소설들은
하나같이 슬픈 언니들의 이야기였다

나는 그 속에서 언니의 비밀을 찾듯 언니들의 이야기를 읽어갔다
이야기 속에서 이야기를 감추고 순서를 지우고 아무도 들려주지 않는 말을 지어내며
어떻게 해도 슬픈 이야기가 되어가는 걸 막을 수는 없었지만

고개를 돌리면 잠든 어머니가 보인다

어머니는 내가 세살 때 돌아가셨지만

나무 계단을 지나 이곳에 오르면 곤히 잠든 어머니가 내게는 보인다

어머니는 꼭 조금 전 내가 먹은 선홍빛 감기 시럽을 삼키고 잠에 든 것만 같았다

몽롱해지는 오후

어머니를 따라 누우면

내 검은 머릿결이 출렁이고

오래된 나무 다락 냄새 가슴 깊이 파고들고

어머니의 길고 긴 꿈은 내 작은 귓속을 간질이며 따라 들어올 것만 같아

꿈속의 어머니는 열네살, 여름 속에 있었다

어머니는 교실에 앉아 창밖의 자귀나무에 눈을 주고

자귀꽃이 흔들릴 때마다 어머니의 볼이 붉어지고 내 살갗이 가렵고

더운 바람이 교실 안을 느리게 지나간다

어머니의 책상 위엔 유난히 희고 빛나는 일기장
그 안에 어머니의 그림들
그 그림들이 언니와 나의 비밀이라는 걸 알아챘을 때

꿈은 갑자기 끝나버렸다
여름 구름을 녹이는 소낙비처럼

해가 지고 있었다 포돗빛 하늘
금빛 구름 눈이 부셨다

어머니, 저기 금빛 하늘 좀 보세요. 어두워지는 중이지요.
내가 말을 걸수록

어머니는 더 깊은 꿈속으로 들어가버리고

나는

저는 괜찮아요, 어머니.
세번 더 속삭여본다

꿈속의 꿈
이야기 속의 이야기
달콤한 낮잠 속에서

두 눈을 감은 채
하염없이, 고요한 여름 속을 바라보는

칠월이었다

어머니의 소리 없는 목소리가
가만가만 나를 재워갔다

여름이 꿈처럼 깊어지고 있었다

시리즈

너를 기다리러 왔어,
말하자

한 사람이 사라졌다

걷다보니
그애 집 앞이었다

비 내리는 운동장

유리창에 달라붙은 빗방울
얼굴이 너무 많다

당번은 창문 밖으로 몸을 내밀어 이름을 부르는 것 같았
는데
　누구를 찾는 것인지
　안에서는 들리지 않았다

미술 시간에는 세밀화 하나를 그렸다

귀가 다리에 달려 있다는 곤충
뒷장에는 선생님 몰래 검은 구멍을 그려 넣었다
선생님은 한장 한장 그림을 포개 모은다

닫힌 음악실 앞을 지나갈 때면 익숙한 노래가 흐른다
따라 부르려 하면
그대로 멈추는

조용해지는 사위

졸고 있던 책상 위에서
눈을 떴을 때였다

쓰다 만 너의 일기장 뒤에
나의 일기 이어 쓰다가

가끔씩 너와 내 이름
바꿔 적기도 하다가

여름

하나의 물방울이 집중하고 있다

환한 여름을 배경에 두고 여름빛이
그곳에 머물렀다

아이들은 젖은 체육복을 입고
두 손 가득 물을 담아 입을 헹군다

한 아이가
살 것 같다, 말하자

한명씩 수도꼭지를 잠갔다

아이들은 다시
걸었다 달궈진 운동장으로

물방울의 마지막 자세를 생각한다

물방울은 목매달 수 없겠구나

물방울은 물방울끼리 놀러 다니겠지

수도꼭지에
입술을 갖다 대었다

몸 안으로
여름이 흘러가고 있었다

여름

그애와 걸었다

마을에 어울리는 작은 하천
물이 불어 유속이 빨라진 물가

방과 후에는
노란 귤을 빠뜨린 듯
금빛 석양이 따라다녔다

나는

그애의 이마
그애의 콧날
그애의 안경
그애의 한쪽 뺨을

조금씩 나누어 보았다

햇빛이 삼킨 얼굴

아주 나중에
상상은 해보았다

입안에 물고 있던 사탕 때문에 한번씩 대화가 멈추고
사탕을 녹이듯 어떤 말은 오래 생각했다

저기 좀 봐,

그애가 말할 때
나는 그애를 살짝 보고

깨진 사탕 때문에
혀끝에선 녹이 슨 책상 냄새가 나는 것 같았다

이게 다 뭘까, 귤빛 석양을 따라 걸으며

그 여름

찬물에 자주 체하고

달려가는 낮잠
폭우처럼 한꺼번에 끝나는 시간표
끝날 듯 다시 이어지던 불꽃놀이

종례는 빼먹었다

여름이 오기 전에

할머니가 땅에 묻히고 나는 천호동 큰엄마 집으로 왔다

큰엄마는 머리를 빗겨주다 말고
내 머리끈을 입에 문 채

큰엄마 배 속에 뭐가 들었게, 물었다

나는 몸을 돌려 큰엄마의 커다랗고 동그란 배를 바라보고
살짝 손을 얹어보기도 하고

내 배를 쓸어내리던 할머니 손을 떠올렸다

　설사를 쏟아대던 밤
　나는 할머니가 마당 한편에 심어둔 파란 도라지꽃 옆에서
오줌 누는 꿈을 꾸었다
　눈을 떠보니 이불이 다 젖고
　푸른 새벽빛
　몸이 떨려왔다

할머니는 언제 깼는지 이불을 돌려 나를 다시 눕히고
배를 쓸어주었다
박하사탕 하나를 입에 물려주면서

나는 큰엄마 배를 가리키며 오줌 누는 파란 고양이 꿈이
들어 있다고 했다
큰엄마는 조그맣게 웃으면서

오줌 누는 고양이 곁을 따라다니는 나비,
그 뒤로 펼쳐지는 하얀 감자밭,
뭉게구름 사이를 헤엄치는 금빛 잉어,
잉어의 지느러미가 스쳐가는 여름 산,
산허리 따라 흐르는 은빛 폭포,
반짝이는 그 물을 큰엄마가 받아 마시는 꿈이 들어 있다
고 들려주었다

태몽이라는 거야,

내 배를 살짝 간질이고

그날 밤

나는 죽은 할머니가 곤히 잠들어 있는 꿈을 꾸었다

할머니는 다시 태어나려고 꿈을 고르고 있었다

달빛 아래 텅 빈 골목길을
홀로 걸으며

걸음을 멈춘 곳에서 환한 백목련이 피어나고

할머니는 목련 한송이를 따서 향을 맡고
두 손을 받쳐 목련 안에 고인 물을 마셨다

박하 향이 나는 꿈이었다

두어달이 지나고 큰엄마는 동생을 낳았다

큰엄마는 꿈에서 본 고양이가 할머니인 줄 모르는 것 같
았다
　다들 모르고
　여섯살 나만
　할머니의 작아진 손을 잡고 있었다

　딸꾹질하는 갓 난 동생의 두 볼을 감싸보았다

　동생이 울 때면
　나도 자꾸 울고 싶어지는 이유를
　알 수 없었다

　나는 마루 끝에 앉아 글씨 쓰는 흉내를 내며

　이게 내가 쓴 파란 고양이 꿈 이야기야,

　혼자 놀았다

　더운 공기 사이로

동생의 우는 소리가 느리게 흘러갔다

여름이 가까이 있었다

한낮의 에스키스

벽을 그리면 방이 생기고
눈을 들이면 창이 열리고
의자를 그리면

한 사람이 걸어와 앉는다

머리칼을 넘기면 두 귀가 생기고
눈은
감을까 말까
망설이는 사이

검은 하늘 위에 검은 구름
검은 나무 위에 검은 새
한마리의 새
두마리의 새
새들이 쪼아 먹던 검은 이파리
그 아래 흐르는 검은 강
산란을 준비하는 검은 물고기
검은 지붕 밑에

검은 창문
검은 개는 짖고
검은 손잡이
방문을 열면
조금 전까지 사람이었던
검은

눈 감으면 보였다

사람이 묻힌 뒤에도 번성하는 식물이
추락하는 새를 바라보는 날개와
죽은 새끼를 먹어치우는 물고기처럼

들었다

내 숨소리

빈 병을 틀어막아도 새나가는 것들

눈 감으면 보였다
창밖에 환한

대낮의
그 집

그 안에 내 숨소리

어떤 소리는

나를 때리는 것만 같았다

벌레

이 방의 주인은 아무 때나 이 방의 불을 밝히는 사람이다
갑자기 환해지고 한꺼번에 어두워지는 이 방에서

자매는 종종 눈이 멀곤 했다

자매는 종일 이불 위에서 논다 언니는 부모됨을 배운다며
달걀을 품고 다니고 동생은 국어책을 펼치고 앉아 괄호를
그리고 있다 이 괄호와 저 괄호가 등을 맞대고 그 사이를 건
너뛰며 놀러 다녔다
지워지는 비밀들이 생길 때마다 슬픈 소설이 되어갔다

둘은 등을 맞대고 눕는다
양쪽 날개가 다른 나비처럼

사람이 사람을 낳는다니
신기하지 않아?
여자가 아들을 낳는다니
두렵지 않아?
자매는 슬픔을 견주는 사이래

취향은 언니가 낳아주는 거래

동생이 잠들 때까지
둘만의 스무고개 둘만의 끝말잇기
둘만 아는 이름을 불러와 놀려주고 쓰다듬다가 아주
잊어버리고

나눠 마시는 물 한잔의 밤
거꾸로 맺힌 물방울의 방

그 안에 둘

계속 들여다보면
물방울 위로 또다른 물방울 서로를 끌어당기듯

함께 흘러내렸다

물 위에도 집을 짓고 사는 벌레들이 있었다
때로 너무 작은 벌레들은 있는 힘껏 손가락을 놀려도

죽지 않았다

열다섯

그해 전학 간 그 마을

조퇴한 오후
혼자 집에 있을 때면

뒷산에서 들려오던 개 돼지 닭 염소를 잡는 소리
그때 나는 사과를 씹으면서

식물은 망가질 때 가장 식물다운 소리를 냈다

또 한번 사과를 씹으면서

사람이 망가질 땐 어떤 소리를 낼까
시를 썼다

첫번째 고백은 새엄마가 책갈피 속에 숨겨둔 자목련 꽃잎
을 조금씩 찢어버린 일
그걸 망가뜨리려고 책장 앞에서 놀다가 졸다가 읽다가
찢고 덮고 다시 찢고 덮고

오래 하기 위해 조금씩만 했던 일

사과를 씹으면서

집은 더 조용해지고
이제 거의 투명해져서

다시 사과를 씹으면서

소리 없는 오후

내가 사라진 것 같은 오후

너무 조용해
무엇이든 다 들켜버릴 것만 같았다

시를 썼다

오직 일어나지 않는 일들만 살아남는다*

할머니는 자주 빈집에서 발견됐다 할머니는 잠깐 꿈을 꾼 거라 하고 나는 그만 자고 일어나 진지 드시라 하면 잠에 든 적이 없다 하고 곧 애가 들어설 거라고 태몽이었다고 했다 할머니와 나 이 집엔 우리뿐인데 아이는 누구에게 찾아올 까 나는 배를 한번 만져보기는 하고 할머니는 내게 너는 누 구니 묻는다 곧 아 너로구나 알아채면서 그때 나는 태어나 고 있었다 바람을 불러올까 눈도 깜박 않고 아무 말도 하지 않고 아무것도 방해하지 않고 끼어들지 않고 물속에서 숨을 참는 아이처럼 할머니는 속삭인다 어머니와 아버지는 여기 없어 자기 영혼을 망치는 영혼 바라보는 것만으로도 망가 지는 바다 버려진 바다 바다의 영혼이 여기 있다고 가슴에 손을 얹으며 그때 알았다 나는 작아지고 있었다 죽은 부모 의 얼굴을 잊을 때까지 나는 뒤로 걸었다 어머니와 아버지 가 흰옷을 벗고 두려움을 모르고 약속을 모르고 겁을 모르 고 비겁함을 모르고 마음을 모르고 나를 모르고 나는 나를 모를 때까지 밀려나는 풍경 사이로 기쁨은 어둠처럼 몰려와 나를 재우고 나는 오래도록 잠에 들었다 자고 다시 잠이 들 어도 아침을 모르고 비밀을 모르고 비밀을 모르는 입술은 부끄러움을 모르고 어머니와 아버지를 모르고 저 혼자는 멈

출 줄 모르는 공처럼 텅 비어 있는 말 계속이라는 말 잠은 계속되었다 검은 구름이 순하게 숨을 쉬었다 빈집에 두 눈이 껌벅이는 환한 밤의 일이었다

* 김언.

제 3 부

듣고 싶은 말이 들릴 때까지

불면

오래 가꾸지 않은 정원을
홀로 거니는 아이

기일

그날은 하루 종일 눈이 내렸다. 서너달에 한번씩 아버지가 방문하는 날이었다. 그날도 나는 복도에서 뛰어다니다 원장실 앞에서 벌을 섰고. 언니들 속임수에 넘어가 또 걸레 빠는 당번이 돼 있었지만 기분이 좋았다. 아버지가 멀리서, 배를 타고 기차를 타고 버스를 타고 나를 만나러 올 테니까. 그날은 나를 놀려먹는 애들마저 가엾게 느껴졌다. 토요일이라 해가 지기도 전에 저녁 배식이 시작됐고. 이른 점호를 하고. 이층 침대에 올라 그림을 그리며 아버지를 기다렸다. 창밖에는 계속 눈이 내렸다.

나는 아버지가 조금 늦네, 생각하면서. 아예 밖으로 나가 기다리기로 했다. 버스 정류장이 보이는 큰길까지 걸었다. 기다림에 들떠 왔던 길을 돌아갔다 다시 걸어오면서. 제법 많은 눈이 쌓이고. 입을 벌리고 눈송이를 맛보고. 맨손으로 눈을 뭉치기도 했다. 끝없이 쏟아지는 희고 빛나는 눈송이. 그게 내 장난감이었다. 주먹만 한 눈 뭉치를 모아두고 굴리면서. 이번에 아버지가 오면 무슨 얘길 들려주실까. 그때 나는 어떤 표정을 지어야 할까, 생각하면서.

눈 뭉치 속에 갖고 싶은 걸 숨겨보았다. 먼저 원장 선생님이 키우는 빨간 금붕어를 훔쳐 넣고, 은빛 머리핀, 분홍 구두, 레이스 양말, 흰색 스타킹, 생일 초대장, 초콜릿, 솜사탕…… 희고 빛나는 장난감을 쌓아올렸다. 아버지는 오지 않고. 나는 이제 눈 뭉치 속에 아버지가 타고 있는 배를 집어넣고 기차를 집어넣고 버스를 집어넣었다. 아버지와 함께 살던 풍납동 초록색 쪽문 두번째 집, 작은 방도 만들어 넣고. 그 안에 들어가 잠자는 시늉을 하며. 흉내만 냈을 뿐인데 잠이 오는 것 같았다. 희고 빛나는 하얀 밤 하얀 꿈. 길고 긴 밤. 스무번도 넘는 겨울이 지나도록. 하얀 밤 하얀 꿈. 지금도 아버지는 배를 타고 기차를 타고 버스를 타고.

꿈속의 나는 케이크 한상자를 들고 풍납동 집 앞을 걸어갔다. 텅 빈 골목, 군데군데 불이 나간 가로등. 죽은 새끼를 입에 물고 초록색 쪽문 안으로 들어가는 고양이가 보였다. 그 문 앞에 덩그러니 서서 눈을 떴을 때, 잠들어 있던 내 방의 문이 열리고 어깨 위의 눈을 털며 들어오는 젊은 아버지. 아버지와 나, 케이크 앞에 쑥스럽게 마주 앉았다. 어린 내가 보였다. 꿈속의 나는 하염없이, 창밖에 희고 빛나는 눈을 내렸다.

목소리

그대로 잠들었던 것 같다. 한쪽으로 돌아누워 웅크린 채
하얀 리본 머리핀, 검은 옷도 그대로.

사흘 만에 계절은 겨울로 접어들었다. 거실. 바닥의 한기.
텅 빈 집 한가운데서 나는 꿈속으로 잠겨들었다. 안전하고
조금 슬픈 곳으로. 느리게
꿈의 문이 열리고

깊은 겨울이었다.

아무도 밟지 않은 눈. 발을 디딜수록 넓어지는 설원. 하얀
상자 하나가 놓여 있었다. 상자 안에는 하얀 책이 하나. 바람
결에 날리는 새하얀 책장들. 어느새 '위대한 동양의 마법사'
라는 은빛 글자가 반짝거린다. 어릴 적 자장노래를 대신해
아버지가 들려주던 동화. 매일 밤 아버지가 지어내던 그 이
야기는 늘 이렇게 시작한다. 나는 위대한 동양의 마법사……

하얀 밤. 하얀 천막 아래 펼쳐지는 순회공연. 오늘 나는 아기 코끼
리를 숨기는 마법사. 아기 코끼리가 들어간 하얀 상자. 나는 하얀 상

자의 마법사. 숨고 탈출하는 마법사. 사라지고 나타나는 마법사. 하늘을 가로지르는 공중그네. 그네 위에서 상자를 건네받는 나의 딸. 곱슬머리 내 딸아이. 아이는 엄마 코끼리 꿈속으로 그네를 띄우고. 하얗게 잠든 마을. 하얀 꿈을 품은 하얀 상자. 꿈이 도착해야 할 곳으로. 우리는 그네를 띄우고. 투명에 가까워지는 우리들의 밤. 하얀 꿈 하얀 상자······

아버지의 목소리가 귓가로 흘러들 때 나는 아기 코끼리가 되고 아기 사슴이 되고. 요즘도 가끔 내 책상 아래서 코를 벌름거리는 하얀 토끼가 되어 꿈을 꾸었다. 지금은 아버지와 함께 키운 파란 토마토가 되어. 조금 시큼하고 풋내 나는 파란 토마토.

나는 새벽이었다. 구름이었다. 맑고 차가운 계곡. 돌멩이. 이끼. 연꽃잎 위에 버려진 맹꽁이 알. 세갈래로 벌어진 동백 열매껍질. 상한 이파리. 아홉번 죽고 열한번째 다시 태어난 나비. 고양이의 분홍빛 혀가 홀짝이는 여름비. 언 호수 아래 눈 뜬 물고기. 해 질 녘 떠돌이 개. 곱슬머리 여자애까지. 모두 나였다. 내가 태어날 때까지 나는 숱한 꿈이었다.

바스락거리는 검은 옷 소리. 짧은 꿈은 지나가고 부은 눈은 더 무겁고.

　파랗게 부푸는 토마토. 나의 진짜 여름이 있던 곳. 그 여름을 머릿속에 펼쳐놓고. 창밖엔 눈이 내리고.

　그때 내 안에서 내가 나를 부르는 목소리.. 낯설게 중얼거리는 다성의 목소리.

나는 밤이야 어둠이야

어둠

어둠

죽음

어둠

죽음

죽음

그때에도 창밖에는 여전히

누군가의 하얀 상자가 눈의 형상으로 내려앉고 있었지만
나는 이제 아무것도 품고 싶지 않다고 생각하면서

눈을 감는다.

안전하고 조금 슬픈 곳
등 돌린 아버지가 아득히 보이기 시작하는 곳

내가 미워하는 나의 시 속에서

하염없이 내리던 눈은
돌연

허공에 그대로 멎어버린 채

나는
눈을 감는다.

삼나무숲으로 가는 복도

마포 16번 마을버스. 남경장에서 양화진 성지공원 입구까지 나들목을 도는 동안. 오늘따라 유난히 흔들리는 버스가 교차로를 크게 돌고. 망원 한강지구와 양화대교, 연이어 나들목의 숲이 시야에서 돌고. 지난밤 통화 때문에 잠을 설친 나는 어지럼이 심해진다.

언니, 저 길을 잃었어요.

전화가 울렸을 땐 새벽 세시 십육분을 지나고 있었고. 전화를 걸어온 건 열일곱시간의 시차가 있는 이국에서, 제이였다.

제이는 삼나무숲으로 유명한 국립공원에 있다 했고, 그곳은 마치 수벽으로 된 미로 같다고 했다. 제이는 몇해 전 아버지를 잃은 뒤, 칠년간 만나온 연인과 헤어졌고. 아버지의 마지막 선택에 아무런 힘이 없던 자신을 자꾸 미워하고. 요즘엔 아무것도 무서운 게 없어서 무엇이든 무서워진다는 제이는, 아버지가 죽음을 선택했던 방식으로 스스로에게 벌을 주는. 그런 나날 속에서 사랑이 떠나가는 건 당연하다고, 웃으며 말하는 제이다.

　나는 어지럼이 심해지고, 간밤의 통화를 되짚으면서. 창
밖에 나들목의 숲. 벗. 벚나무. 벗. 자목련. 단풍. 화살나무.
회화나무. 비비추. 비비추. 이름을 불러준다. 비비추. 목이
아플 때도 좋고 해열에도 좋은 비비추. 내가 긴 꿈에서 깨어
날 때마다 차를 건네던 손은 제이의 것이었고. 그걸 받아 마
시는 나는 고맙다고도 미안하다고도 말할 수가 없는데. 그
럴 때면 제이는 말없이 내 머리칼을 귀 뒤로 넘겨주고 살짝
눈을 맞추기도 한다.

　겨우 남경장에서 양화진 성지공원까지 한 정거장을 건너
온 사이. 어지럼이 심해지고 오한이 시작돼서. 어느새 나는
또 시린 맨발로, 몇해 전, 전주, 아버지의 장례식장 복도에
앉아 있는 기분으로. 누가 나 좀 깨워줄래요, 중얼거리면서.
혼자 그 복도를 지킬 때. 느리게 양말을 신겨주는 손은 제이
의 손이었고, 제이의 눈가에 미미한 경련이. 나는 눈 밑이,
약하게 떨려왔다. 이상한 기분에 사로잡힌 나는 창에 비친
내 얼굴을 한동안 멍하게 바라보았고. 그때가 내가 제이를

처음 본 순간이었다.

어디까지가 꿈이었을까. 차창에 머리를 기대고. 비비추.
비비추.
이제 어디든 기대면
더는 나를 사랑하지 않는 사람의 등에
얼굴을 묻은 표정을 하고. 비비추. 비비추.

내릴 곳을 지나쳤다는 걸 알아채고 서둘러 벨을 누를 때.
그러면 또 제이가, 내가 앉았던 자리에 앉아서 차창에 머리
를 기댄 채. 비비추. 비비추.
그날의 서늘한 복도처럼, 제이는 실감 없이

앉아서. 그사이 버스 문이 열리고.
내릴 곳을 지나친 만큼 되돌아 걸으며. 머리칼을 귀 뒤로
넘기며. 비비추. 비비추. 중얼거리며. 그러면 나의 정다운 제
이가

어느새 또 곁에 와 횡설수설, 거짓말, 거짓말, 조금 웃으

며, 언니 같이 가, 거짓말, 거짓말.

　해가 지는 쪽으로
　우리는 나란히 걷고 있었다.

얼음의 효과

그의 역할이 끝났다

그는 스스로 무대 밖으로 걸어나간 사람
채 녹지 않은 얼음을 남기고
화면 밖으로

사라져버린 사람

나는 그의 얼음을 쥐고 서 있다

얼음이 녹고
물이 되고
그마저도 마르고 나면

무대는 사라지고
두 발이 지워지고
감상은 투명해질까

그것과는 무관하게

마지막 숨은 어딘가를 떠돌겠지
그럼에도 무심하게
누군가는 그 숨 때문에 다시 숨 쉬게 될 것

작은 아이가 더 작은 아이를 낳을 때까지
어린잎이 숲이 될 때까지
이어지는
숨

그것은 투명하게 있다

사라진 그와 꼭 마주칠 것만 같은 투명한 믿음처럼

얼굴 아니면 뒷모습 그게 아니면 발자국
그 또한 아니면 그가 자주 앉아 있던
한낮의 공원 벤치 위에서
더듬는 온기로

나는 걸어가는 역할을 맡은 사람

테두리를 잃어버린 넓고 높고 깊은 무대 위에서

누군가의 마지막 숨 때문에
누군가는 계속 죽은 냄새를 맡게 될 것

바람이 불고

얼음의 냄새가 흐르고

몸 안으로

나와
아주 가까운 냄새가

히어리의 숲

호숫가의 안개가 꿈으로 흘러들었다. 젊은 할머니가 거기 있었다. 나는 호수로 한발 더 다가가 안개를 들이마셨다. 촉촉하고 달착지근한 냄새가 났다. 할머니는 비취색 한복을 입고 있었다. 나는 내가 지니고 다니는 사진 속에 들어와 있었다.

약한 봄바람에, 호수의 수면이 일정한 간격으로 밀려나고. 느리게 일렁이는 물결. 그걸 바라보는 할머니의 눈꺼풀이 미세하게 떨려오고. 물에서 아기 울음소리가 들려왔다. 들릴 듯 말 듯 거의 없는 목소리. 할머니는 물속으로 깊숙이 얼굴을 집어넣었다. 아기를 건져 안았다. 보드랍고 따듯하구나, 할머니가 말하고. 나는 저 아이가 어린 아버지라는 걸 알았다. 지금은 봄이구나. 밤이구나. 내가 말했다.

바람이 내 머릿결을 쓸어내렸다. 속삭임. 히어리. 히어리. 아버지의 목소리. 그러자 노랗고 작은, 봄의 히어리가 지천으로 피어나기도 하고. 히어리. 히어리. 호숫가 옆 히어리의 숲. 아버지가 이파리를 뜯고 있다. 숲이 망가지고 있었다. 나는 아버지를 따라다니며 「망원동의 히어리」라는 시를 들려준다. 내가 쓴 것이라고 자랑도 하고. 아버지가 시를 읽는다. 나는 아버지를 들여다본다. 딸이 쓴 시를 읽는 아버지의 표정이란 이런 것이구나. 오늘은 봄이구나. 밤이구나.

　나는 할머니가 아버지를 건져 올린 호수에 얼굴을 담갔다. 눈을 껌벅이자 만화경 속을 들여다보듯 이상하고 아름다운 무늬들. 만다라가 반짝거렸다. 이것이 아버지의 슬픔이구나. 아무리 베껴 적으려 해도 끊임없이 변하는 만다라.
　할머니가 말한다.
　꿈이 다하면, 잊으렴. 머리를 쓰다듬는다. 나는 한번 더 깊이 안개를 들이마신다.

　머리맡으로 순한 햇살이 흘러들었다. 봄이구나. 침대 끝에 몸을 말고 앉아 있는 노파가 중얼거린다. 고개를 돌려 눈이 마주쳤을 때, 나를 닮은 노인이었다. 나는 그를 알아보았다. 미래가 나를 만지러 왔다는 것을. 노파는 내 곁의 사진들을 만지작거렸다. 건드릴수록 빛이 바래고 하얗게 지워지는 것이 있었다. 나는 등을 돌렸다. 미래가 아무것도 건드리지 않도록.

후회라도 해야지. 한 사람은 남아서. 해야 할 일이 있을 것
이다.

노파가 절뚝거리며 방을 나선다. 방 안에 흐르는 햇살 속
에 아버지의 만다라가 가득해서 머리가 핑 돌고. 방 밖엔 절
름거리는 늙은 개, 작은 혀로 목을 축이는 소리가 들려왔다.
내 몸속으로, 무언가가 텅텅 울리기 시작했다. 장례를 마치
고 돌아온 다음 날, 봄의 아침이었다.

유월

간밤 꿈에서 흘러나온 흰나비
두마리 세마리
쫓다보니 가던 길을 잃고 말았다

바람에 흔들리는 유월의 산딸나무 아래에서
죽은 화초를 안고 뒷산에 오른 길이었다

너에게 어울리는 곳이야,

이제 영 말라버린 화초를 숲에 묻어주고 내려오는 길에도
하얀 나비 두마리 세마리 정말
본 것 같았다

오래전 할머니의 봉안함을 홀로 건네받았던 여름
그날 내 곁에는 하얀 나비 하나가 오래 머물렀고
그때 나는

할머니가 또 한번 내게 오기 위해 나비의 몸을 빌렸다는
걸 알 수 있었다

그후로 여름은 스무번도 더 지나갔지만

문득 내가 아는 사람들 너무 오래 잠을 자고
깨어날 수 없는 그 곁을 혼자 지키고 있는 것 같은 날이면
어느새 하얀 나비 날아와 내 곁을 스쳐가고

어수선한 방
하얀 벽에 두 다리를 기대 올리고 누워
방 안을 날아다니는 흰나비를 느낀다

머릿속엔 간밤의 꿈이 마저 지나가고
죽은 친구인 줄 알면서도 친구를 따라가기도 하면서
때마침 창가에 앉을 듯하더니 달아나는 참새 한마리,

"바람이 많이 불지요."

꼭 그런 말을 들은 것 같았는데
다정하고 연약한 풍금 소리같이 조그맣고 가벼워서 멀리
날아갈 것 같은 그런 말을

나는
　천천히
　눈을 감았다

　감은 눈 안으로 더 환해지는 흰빛
　아무것도 보이지 않는 흰빛 속에서 다시 눈을 뜨면서 거의 들리지 않는 말을 주고받았다
　잠시 옅은 미소 지어 보이기도 하면서

눈 내리는 병원의 봄

할 수 있는 것 없어
잠든 할머니 한번 더 재워도 보고
빈 병 물 채우는 소리만 울리는
밤의 복도
무엇이든 약속받고 싶던
지난겨울
창밖을 지나가고

창문 닫기

2019년 5월, 새벽 한시를 조금 넘긴 시간. 시를 쓰던 나는 창을 열고, 밖을 내려다보았습니다. 아파트 놀이터에 보랏빛 물고기가 맴을 돌고 있었습니다. 놀이터로 내려가자 일순 발이 젖고 허리가 잠기고. 물고기는 부드럽게 헤엄쳤습니다.

수면 위로 라일락 그림자가 일렁이고 멀미가 날 것 같았습니다. 물고기가 튀어오를 때마다 물방울이 두 볼에 닿았어요. 어쩐지 미지근하고 따뜻했습니다. 나는 물속에서 둥둥 떠내려가고. 이곳은 아주 안전하고 편안하게 느껴집니다. 나를 버린 부모의 얼굴이 선명하게 떠올랐습니다. 익숙한 슬픔이 나를 끌고 갑니다. 낮은 지붕이 보일 듯 말 듯, 어느새 동네는 물에 잠겼고 사람 하나 보이지 않습니다. 마침내 내가 원하는 세계에 진입한 모양입니다. 이따금 개 짖는 소리, 희미하게 들려옵니다.

얼마나 떠다녔는지 내가 물이 돼버린 것 같았어요. 갈비뼈 안으로 물고기가 파고드는 것 같았어요. 가슴 한편이 보랏빛으로 물들어갔습니다. 가슴이 아프다고 말하자 배고

픈 고양이, 배고픈 어린이, 배고픈 옆집 쌍둥이 할머니, 배고
픈 토마토, 배고픈 하얀 달, 배고픈 피아노. 하나하나 물 위
로 떠올랐어요. 물고기에게 듣고 싶은 말이 많았지만 밤이
짧습니다. 어떻게 하면 듣고 싶은 말을 계속 들을 수 있을까.
그때부터 시를 썼어요. 듣고 싶은 말이 들릴 때까지. 시는 짧
고 밤이 끝나가고. 깨끗한 물도 오래 만지면 상한 냄새가 나
더라고요. 거기서 시를 썼습니다. 냄새나는 몸으로요. 익숙
한 자세로요. 내가 사랑하는 사람이 가슴 아프다고 말합니
다. 이런 건 시가 아닐 거라고도 말합니다. 물론 사랑하는 사
람은 시 속에만 있어요. 이런 말도 다 시에서 들었어요.

  둔치 위로 아이들이 떼를 이루어 서 있었습니다. 나를 닮
은 어린이, 내가 잃어버린 개를 안고 있는 어린이, 훔친 초콜
릿을 입에 물고 훔친 실내화에 내 이름을 적는 어린이, 매 맞
는 어린이, 앙상한 어린이…… 어린이들이 돌을 던지기 시
작했어요. 돌로 나를 맞힐 때마다 애들이 깔깔거립니다. 이
장면이 이 시에서 제일 싫어요. 왜 저는 제가 싫어하는 짓만
골라 할까요. 내가 미워하는 시는 다 내가 쓴 거예요. 나는
똑똑한 사람이 못 됩니다.

여러 날 지나고 햇빛에 물이 다 마른 뒤에도 물의 기억을 지우지 못했습니다. 햇빛 속에서도 물속을 걷는 것처럼 첨벙첨벙, 거리를 쏘다녔습니다. 햇빛 속에서 내 다리가 녹고 가슴이 녹고 정수리 위로 빛이 내리쬡니다. 오늘 퇴근길엔 보랏빛 구두 신은 아가씨를 보았어요. 보랏빛 기차가 보랏빛 냉장고를 싣고 달렸어요. 보랏빛 건물 속에서 보랏빛 일꾼들이 걸어나옵니다. 첨벙첨벙 빛을 받고 서 있었어요. 옅은 라일락 향기 끝에 물고기 냄새가 묻어납니다.

사랑하는 친구는 손목의 상처가 덧날 때마다 아가미가 열리는 것 같았대요. 열고 닫고. 두 세계가 포개질 때 나는 다만 슬프다고 생각했습니다. 나보다 슬픈 사람을 많이 봤어요. 사람들이 쉽게 죽고 이상한 남자들이 자꾸. 정말 자꾸…… 끝없이 슬퍼집니다. 내가 사랑하는 시 선생님이 이건 시가 아니라고 말해주면 좋겠습니다. 그러니 다시 써 오라고 계속 쓰라고 듣고 싶은 이야기가 들릴 때까지 더 듣고 오라고. 내일도 오고 모레도 오고. 계속 오라고. 들려주면 좋겠습니다.

지금은 듣고 싶은 말이 있어 다시 시를 쓰러 왔어요. 방문을 닫고 시를 쓰다 말고 창문 앞에 섰습니다. 불투명한 창이에요. 물가에서 돌멩이 던지는 소리, 멀리 들려옵니다. 창을 열지 않고. 다만 그 앞에 서 있어봅니다. 물고기에게 아가미를 만들어준 건 물고기 자신이었을까요. 봄밤이 끝나가요. 때마침 시는 너무 짧고요. 아직도 우리들 창밖에는 보랏빛 물고기가 맴을 돌고 있는데요.

하나의 시

하나는
여름밤에 물을 덥히는 사람
더운물 한잔을 여러번 나눠 마시는 사람
혼자서 다 마시는 사람
오늘은 하나의 여름밤
창밖에는 집이 하나 하나 하나
그 안으로 방이 또 하나 하나 하나
방 안에는 심장이 하나
하나는 그걸 바라보는 사람
보고 있는 사람
하나에게 말을 걸어오는 사람이 저기 있고
그의 말을 듣고 있는 하나가 있고
창밖에는 하나와 하나가
하나
지난여름 하나는
숲에서 혼자 우는 어린아이를 보았다
보는 사람 없이도 울고 있는 아이가 있다고
하나는 그것이 하나의 시라고 쓴다
하나의 시 속에서 그 아이는 끝내 걸어가게 될 것이라고

아이는 걷는다 끝까지
언젠가 하나를 바라보는 누군가
하나의 문을 여는 그가
하나의 방으로 들어와
하나에게 속삭일 때
그 아이 손에 다른 손이 끼어들 때까지
하나의 아이는 걷게 될 것이라고
이쯤에서
알아봤을까
하나는 하나를
부딪쳤을까
하나와 하나는
저기, 하나가 바라보기 전부터 하나를 지켜보던 하나
어쩌면 하나는 그가 불렀는지도 모른다
그의 시 속에서
오늘 밤 보고 있을까
하나의 하나는
하나와 하나를

내 뒷마당 푸조나무 위로 눈이 내리고

뒤뜰엔 내가 아끼는 푸조나무 하나. 밑동엔 푸른 이끼. 나는 손바닥에 해를 받아 와 나무 곁에 서 있었다. 놀아주려고. 그때 나는 일곱살이었으니까. 푸조. 푸조. 새엄마의 매질이 처음 시작된 그 여름 나는 몸 안으로 손가락이 돋아났다.

내부로 더듬거리는 나의 손가락 열개. 스무개. 그뒤로 수백수천개 더. 감촉 없는 손가락. 잡히지 않는 손가락. 이제 보이지 않지만 언제나 나를 맴도는 내 첫 고양이처럼.

손가락이 어루만지는, 그 여름 불볕더위 앞마당. 앙상한 내 정강이. 주둥이 묶인 떠돌이 개. 헛도는 수도꼭지. 버짐 핀 두 뺨. 붉어진 두 뺨. 수만개 손가락 사이로 일렁이는 여름 풍경.

하루 종일 눈 내리고 바람 부는 이런 밤이면. 내 가슴속 손가락이 어루만지는 푸조나무. 은빛 거미줄이 반짝인다. 흰 빛. 현기. 나의 빛 나만의 빛. 내 가슴속 연약한 여름 바람이 거미줄을 흔들고. 나를 통과하는 흰 빛. 나의 빛 나만의 빛. 몽롱해지는 내 뒷마당에서.

이제 아주 긴 이야기를 들려줄까, 천천히 입술을 열면. 마른 입술 떼는 소리. 이파리 위에 내려앉는 눈 소리처럼 들려와. 내 뒷마당 푸조나무 위에도 눈을 내리고. 이제 아주 긴 이야기를 들어줄까, 어느새 나를 닮은 너희 어린이들을 생각하고. 너의 빛 너만의 빛. 환한 빛을 입에 문 너희들 나를 알고. 흰 빛. 우리들의 빛. 나는 알고.

우둔하고 겁 많은 나는 꿈에서도 손바닥을 내밀고 두 눈을 감았다. 점점 더 환해지는 내 뒷마당. 하얗게 지워지는 풍경 속에서.

얕은 잠, 꿈은 다 지나갔는데 눈으로 뒤덮인 새벽녘 창밖의 거리. 하루 종일 눈 내리고. 바람 불어오는

기록

구름을 그리던 손이 젖는다

주먹을 쥐면
구름은 작아질까
비가 올까

구름을 보며 코끼리를 생각한 적은 있어도
코끼리를 보며 구름을 떠올린 적은 없지

이런 내가
구름을 완성할 수 있을까

테두리를 모두 닫아도 되는 걸까

열린 선과 선 사이로

바람이 불고
빗방울이 고이고
소문이 있고

그 밑에서 하염없이 태어나는 아이들의
아이와 아이와 아이들

아무에게도 발견되지 못한 소녀와
소녀의 이마 위로 떨어지는 하나의 빗방울을 생각한다

붓을 놓으면
이미

젖은 그림

창밖엔 검은 물이 가득하다

나는 나라서

물가에서 소중한 걸 잃어버렸다는 여인은
오늘도 두 발만 적신 채
빈손으로 돌아왔습니다

여인을 기다리던 할머니 여인을 반겨 안아줍니다

할머니가 젊었을 때 할머니의 막내아들은
물속으로 깊은 잠을 자러 갔다고 이야기해주네요

잘은 몰라도
물속은 깊고 넓어서
시간은 부질없는 것이라 말합니다

손목의 흉터가 닮은
두 사람

그녀들 앞으로 포개지는 마음들
할머니는 여인을
오른손은 왼손을

우리는 너희를
안아주는 마음들

나는 나라서 나 아닌 것들을 안아주면서
이럴 때
나는 나라서 다행이라고 생각하면서

우리는 서로가 아니라서 서로를 안아줄 수 있습니다

두 여인의 눈물이 함께 움직입니다
영영 끝나지 않을 물결 같고
물결이 바람을 완성하고
바람은 자꾸 우리를 물가로 데려가고

물은 한방울의 빈자리도 허락하지 않으면서
왜 우리 아이를 돌려주지 않나요
왜 우리 아들을 돌려주지 않았나요

아이가 불어놓은 풍선은 작아지고 있는데

여인은 숨을 아끼고 있습니다

할머니는
아들이 뜯어놓은 이파리를 만지작거리며
그렇게 숲이 망가지는 줄 몰랐다고 합니다

여인은 오늘도 아이의 이름을 종이에 적습니다

사람을 찾습니다 우리 아이가 바닷속에 있어요

이름을 덧대어 쓸수록
아이의 이름은 지워지고 있습니다
그것이 미워
종종 종이를 엎어버리기도 하지만
여인은 다시 이름을 덧대어 적으며 아이를 품어봅니다

사람을 찾습니다 우리 아이가 바닷속에 있어요

나는 나라서

그녀들의 방 안으로 들어가지는 못하고
집 앞에서 서성입니다

그녀들이 아껴 쉬는 숨소리
바람을 완성하고
계절은 순환하고

물속은 깊고 넓어서
시간은 소용없는 것이라지만

깊은 밤이면 저 방의 불이 온전히 꺼지기를
기다려보는 거지요

아무래도 밤하늘은 깊고 넓어서
시간은 소용없는 것이겠지만요

편편히 내린 눈이 쌓여
오늘은 건넛마을까지 한마을로 보입니다

나는 나라서
나의 오래된 그 일을 다 생각해보았습니다
네, 모두 옛일이겠지요

그러나 인간에게는
깊고 넓은 것이 있어

눈 감으면 펼쳐지는 것

몰래 보았습니다

온 마을이 흰빛을 내고 있습니다

미래에게

오늘은 너와 공원을 걷는다
날씨가 좋아 공원이 좋고 공원에게도 오늘의 날씨가 꼭
알맞고
오늘 너의 작은 발과 오늘의 구두처럼

지금의 너는 공원 속에 어울리고

너의 손이 나의 손 안에 꼭 알맞아
우리는 비슷하게 생긴 손톱을 갖고 있지

네 무릎에 작은 상처
나는 그것을 보고 있다
매번 같은 자리에서 같은 자세로 넘어지는
미래

그건 설명이 필요하고 보충이 필요하고 오늘의 날씨와 기
분과 정치와 프레임
캠페인과 이슈와 광장 그리고 상실을 기다리는 일

저기 아이들의 비눗방울이 시선 끝에서 투명해질 때
너는 놀랐니

바라보는 것만으로도 파괴할 수 있다
숨 쉬는 것만으로도 망가뜨릴 수 있어
광장의 먼 구호는
이처럼
설명이 필요하고 보충이 필요하고⋯⋯

오늘 공원의 해는 지려 한다
집으로 가자 미래야

창가 옆 난로에 불을 지피고 물을 끓이고 흐르는 뉴스는
옆으로 치워두고
미래와 함께 도미노를 줄 세울 때
하나 둘 하나 둘
반복하는 숫자를 가르쳐줄게

도미노가 쓰러질 때

너의 눈동자는 움직이는구나

무너지는 쪽으로
넘어지는 쪽으로

미래야,

부르면
너는 언제나 움직이던
그쪽으로

나를 바라보고 있다

나 없이도

지금 책상 위 스노우볼 속에는

흰 개와 붉은 새
나란히 앉아 한없이 내리는 눈을 맞고 있습니다

나는 눈을 감고 흰 개의 침묵을 흉내 냅니다

그러면 눈송이와 눈송이 사이로

나만의 겨울 이야기 시작됩니다

감은 눈 안에서 눈을 뜨고
흰 개와 붉은 새만을 위해 눈을 멈추고
멍한 표정의 나의 천사들을 불러봅니다

복숭아의 솜털 하나
이끼 위 달빛 한점
꽃잎과 꽃잎 사이 숨어든 향기조차 놓치지 않는 나의 늙
은 화가처럼

서로의 몸통과 다리가 뒤엉킨 조각상의 연인처럼

이것은 서로를 붙들고 놔주지 않는
나와 나의 시 이야기예요

나의 시에서
내가 사라지고
시간이 지워지고
나 없이도 겨울밤은 계속되고
완전히 지우려 다시 나를 찾고 버리고 헤매고 배회하면서

천사의 멍한 표정을 흉내 냅니다

그러면 문득

열세살 겨울밤
아버지와 묻어주던
모르는 길고양이의 눈빛이 조금 묻어 있는 슬픈 도구로

열세살도 아버지도 길고양이도 없는
그림이 그려져요

나 없이도
한없이 적막한 겨울밤이 계속됩니다

그곳에선

하얀 눈송이 끝없이 하늘로 올라갑니다

여름의 전개

한 여인이 유모차를 끌고 여름 속을 걸어간다

유모차 안의 아이는 여름을 손에 쥐고서
여인은 아이의 여름을 감싸며
눈을 맞춘다

바라보는 동안에도 아이는 자라고
아이와 아이 엄마는 함께 쥔 여름 안에서 더 닮아가
같은 여름을 기르고

나에게도 나를 기른 사람이 있었는데
나는 나를 기른 사람과 닮아서 나를 기른 사람에게 깃들어
나의 여름은 나를 기른 사람과도 닮아 있었다

우리는 서로를 기르고 있다
점점 더 닮아가는 방식으로

같이 죽어가는 것도 같고
같이 살아 있는 것도 같고

같은 몸이 되어가는 것 같다

살아 있는 내가

죽어 있는 사람을 닮아가는 것 같은 여름

바라보기만 했는데

여름이었다

빗방울이 떨어지고
잎이 흔들리고
숲은 젖어가고
아이와 아이 엄마는 사라져가는

바라보기만 했는데
저질러버린 일들이 있었다

텅 빈 자리

투명한 것을 지나치며
동그랗게 불러오는 배를 감싸며

잠시 한걸음 물러나 멈춘 채

다시
여름 속으로

걷고 있었다

제 4 부

나만의 장난을 이어갑니다

십이월

그해의 마지막 밤이었습니다

조금 춥고 적막한 나의 방
창턱에 뜨거운 물 한잔을 올려두고 앉아
간밤의 꿈을 돌이키고 있었습니다

겁먹은 눈으로 등을 맞댄 채 서로를 지키는 두마리의 원
숭이가
잠든 내 머리맡에 앉아 있는 걸 내가 다 지켜보는 꿈이었
습니다
내 마음 가장 못생긴 시절의 이야기입니다

이 집에서 부모를 잃고
연이어 오랜 사랑도 잃고

살고 싶지 않은 마음이란 뭘까
떠난 부모의 마음을 더듬고 후회하고 아파하고 두려워
하며
열세번의 보름달을 바라보고

그런 내가 미워 모든 것이 미치도록 미워지던

그로부터 같은 꿈이 계속되었습니다

오늘 밤 다시 한해의 마지막에 이르러
이 모든 일을 옛일인 양 되돌리며

나만의 원숭이를 부르고 가까이 앉히고
눈이 마주칠 것 같습니다

정다운 나의 원숭이
이제 내 손을 붙잡고 나를 다독이는 듯

　　　　　인간에게 아픈 과거란
　　　이 작은 손등 위에 올려둔 보석돌 같은 것 아니겠어요
　　이토록 어여쁘다 해도 품지도 버리지도 못할 것이라면
　　　　자기 손을 묶고 발을 묶어 마음을 얼게 하고요

이쯤에서 뜨거운 물 한잔을 끓이며

이상하고 아름답게 일렁이는 하얀 빛깔의 증기를 바라봅
니다

천사들이 움직이기 시작한 걸까,
문득 생각해보았습니다

창밖을 바라봅니다
어느새 원숭이들 따라와 창에 붙어 섭니다
자기 얼굴을 들여다보는 것인지 저 너머 또다른 누군가의
꿈을 고르는 것인지

나는 모른 척 눈을 감습니다

내 마음
천사의 속삭임 쪽으로 한껏 기울여

깨끗한 물 한모금 머금어봅니다

청혼

당신은 가만 듣고만 있었어요

오래전 내가 남의 집에 보내야 했던
그 작고 어여쁜 개의 이름을,
홀로 집으로 돌아오던
그 밤의 드넓은 이야기를,

그때에도 내 안의 물소리는
이야기 속의 음악처럼 희미하게 흘렀고요

낮은 지붕
자꾸 물이 차오르는 방
문 앞을 뒹구는 유리 조각
안으로 안으로 들어오던 개미떼

절망도 신앙도 없이
하나하나 처리하던 손

빈집, 혼자

춥다,
말하면 개가 달려올까봐

진심 같은 거 약속 같은 거
아름다움은 그때 다 잊기로 했어요

나만은 만지지 못하는 나의 슬픔,
당신은 가만 듣고만 있었어요

그런 당신에게

서러워 말아요,
내가 다 위로를 건네고 싶었을 때

그러니,
이제 저 배고픈 개와
우리의 집으로 가요.

당신이 말하고

내가 돌아서고

네번의 계절

다시 말하고
나를 멈추게 하고

지금, 여기

복숭앗빛 포돗빛 귤빛 하늘도
하나둘 켜지는 마을의 불빛도
나를 멈춰 세우고

내 안의 물소리 그치게 하고

더는 늦지 않게
해야 할 말이 있다는 것을 알았습니다

나의 어둠,

슬픔,

나를 이기는 사랑에게

호박 반지 같은

짙은 석양

흐르는 시간 속에 마주 서보았습니다

신혼

신랑은 검은 개를 옆에 세우고
신부는 흰 개를 안고 걸었다

하객들은 환호하며 햇빛 속에서 웃어 보였다

이 마을에 지진이 지나간 지도 오래되었지만
부부는 밤이면 멀미에 지친 듯 잠에 들었다

한밤중
여진에 눈을 떴을 때

화분의 이파리는 서로의 눈동자 안에서만 흔들리고

새벽 푸른 빛
이 방에서 죽은 부모의 얼굴을 닮은 빛

그 밤
신부는 꽃 그림을 꽂아둔 꽃병을 치웠다

산책 갔던 검은 개가 숨 가쁘게 달려오고
흰 개가 털이 붉어질 때까지 앞발을 핥아댈 때면
머지않아 큰비가 지나갔다

어느 일요일 낮잠

감춰두었던
유리 화병이 깨지고

집 안 가득
환한 빛이 들고 있을 때였다

푸른 유리 빛

눈이 부셨다

쏟아지는 빛 속에
검은 개와 흰 개가 짖기 시작했다

망가진 건반처럼

소리는 없는

아무도 깨워주지 않는 꿈이었다

칠월

비 그친 골목
물기 머금은 살구
더러운 웅덩이
새로 연 초밥집 유리 종지 포개는 소리
감자 삶는 냄새
사흘 내내 나는 같은 꿈을 꾸고
내 머릿속엔 물방울 떨어지는 소리
한낮의 체육공원 움직임 없이 앉아 있는 나
농구 하는 소녀 둘
한명씩 번갈아 응원해보고
포도씨를 뱉으며 운동장을 가로지르는 노인
아무 일도 일어나지 않은 오후
일부러 그리워해보는 어머니
나를 버리고 간 어머니
서른해도 더 지난 일이지만
이런 날이면
끝이 보이지 않는 기차가 달려와 눈앞에 멈추고
문이 열리고
얼굴을 모르는 어머니 내게 손 내밀고

당장이라도 안기고 싶지만

눈 맞추고 싶지만

굳은 두 발 돌멩이처럼 작아진 두 발

울고 있는 나의 발

머릿속엔 물방울 떨어지는 소리

아무 일도 일어나지 않은 오후

혼잣말하는 오후

다시 태어나볼까

나무나 햇빛 고양이처럼 완전하고 무결한 거 말고

사랑할 수도 미워할 수도 없는

나 그대로

어머니를 어머니로

머릿속엔 물방울 떨어지는 소리

가끔은 알 수 없는 내 마음

열린 문 그대로 기차를 떠나보내고

내 마음 더 아프도록

기차는 영영 사라지게 두고

한순간도 빠짐없이 나는 나를 지켜봐왔지만

가끔은 알 수 없는 내 마음

머릿속엔 물방울 떨어지는 소리
거짓말 거짓말
아무 일도 일어나지 않은 오후

영원

창가에 기대 책장을 넘기고 있었다. 숙소 밖으로 앰뷸런스가 지나가고. 멀어지는 사이렌. 그때 두 눈은 이런 문장을 지나고 있었다. **영원한 평화를 누릴 거예요! 엑셀랑, 브레망 엑셀랑!*** 연이어 상 앙투지아슴, 브레망 상 앙투지아슴!**

세시간 전에는 관광지로 유명하다는 다리를 건너고 있었다.

앞서 걷는 사람들 사이로 이름을 모르는 작은 새가 누워 있었다. 나는 손수건으로 차가운 새를 감싸 안았다. 함께 새를 키우고 싶던 사람을 생각하면서. 새가 집을 짓는 방법에 대해 들려주고 싶다 생각하면서.

작은 몸을 눕혀줄, 새들이 오가는 나무를 찾아서

걷고 있었다.

다섯시간 전에는 가구 파는 남자가 말을 걸어왔다.

나는 오래된 나무 가구를 손으로 쓸어내렸다.

결을 거스를 때마다 이제는 어떤 이야기에 대해 쓸 수 있을 것 같다 생각했다.

그는 계속해 말했고 나는 이 나라의 말을 모른다.

남자는 사람들은 나무에게로 가 비밀을 털어놓았기 때문에 수백수천년 동안 비밀을 지킬 수 있었다는 이야기를 들려주었다. 나도 그렇게 생각한다고 영어로 답했다.

남자는 반색하며 말이 빨라졌다. 다시 한번 나도 진정으로 그렇게 생각한다고 말하자 그는 다른 손님을 찾았다.

정말 그런 말을 들은 것 같았다.

어른들이 출입하지 말라던 숲속에는 어린 동생이 마지막으로 발견된 나무가 있었다.

비밀이 열매를 맺고 씨앗을 키우고 비밀의 숲을 이루는 동안에도 패트롤은 붉은 리본을 매달았다. 패트롤은 또 무얼 매달았을까. 나는 그걸 종이에 적기 시작했다.

그 마을에서 자라며 어느 나라에서는 나무 속에 죽은 이를 묻는다는 이야기를 들은 적도 있었다.

어느날 아버지는 경대와 의자와 소반을 만들어 집 안 곳곳에 놓아주었다.

나는 그것이 동생의 나무일 것이라고 생각했다.

숲의 냄새를 지우지 못하고 체취와 음식과 동물들의 침 냄새가 뒤엉킨 채, 가구는 애써 웃는 가족들의 이야기를 혼자 듣고 있는 날이 많았다.

그해 여름에도 나는 어려서 자랐고.

경대 앞에서 몰래 화장을 하고 머리를 땋고 자라는 내 몸을 때때로 혼자 훔쳐봤는데 그럴 때면 이상하게 누군가 나를 보고 있다는 생각이 들어 안심이 되곤 했다. 그날 이후로 내가 가는 곳마다 커다란 거울이 내 앞에 섰다.

일곱시간 전. 나는 강가까지 걸었다. 햇살 속에 노인은 저 혼자 그늘을 만들고 있었다. 그에게는 더 많은 햇빛이 필요하다, 나는 중얼거렸다. 거리마다 권태의 씨앗이 떨어졌다. 군데군데 낮잠에 빠진 영혼들. 노인의 그림자에 눈이 머물렀다. 어쩐지 나와 아주 가까운 누군가의 것과 닮아 있다 알아챘을 때,

노인은 강으로 뛰어들었다. 그는 빛을 건지려 한다. 그 위로 구름은 멈추지 않고.

가까워지는 사이렌.

나는 방향을 정의하기 위해 한참을 서 있었다.

고장난 시곗바늘이 같은 자리를 반복하고 있었다.

여름. 여름. 여름. 여름. 여름. 여름. 여름. 여름. 여름. 여름.
여름. 여름. 여름. 여름. 여름. 여름. 여름. 여름. 여름. 여름. 멍
청한 여름.

어디쯤이었을까. 숲. 습한 공기와 라디오의 잡음은 계속
되고. 날씨와 교통 정보가 혼잡하게 엉켜 흐르고 있었다. 흔
들리는 차 안. 어둠 속에서 눈을 떴을 때였다.

여기서 저기로, 천천히 주파수를 맞추어갔다.

여러겹의 목소리가 하나로 또렷해질 때

휴가는 끝났고 나는

다시 그곳에 돌아왔다는 것을 알았다. 원이 되어가는 시
간 속에 있었다.

* '탁월해요, 정말 탁월해요!(Excellent, vraiment excellent!)', 로
베르트 무질 『생전 유고 / 어리석음에 대하여』에서.
** '열정은 없었어요, 정말 열정은 없었어요!(Sans enthousiasme;
vraiment sans enthousiasme!)', 같은 책.

햇빛 비치는 나무 책상 위로
먼지, 내려앉는

아마도 그때, 내가 아직 내가 아니었을 때. 아무래도 나는 햇빛 속에 내려앉는 먼지 같은 존재였던 것 같아요. 무한의 깊이를 누리며 알 수 없는 곳으로 흘러가는, 거의 없는 듯 아주 가벼운 존재. 내 어머니가, 꿈을 꾸기 전까지는요.

하얀 들꽃이 지천으로 피어 있는 들판이었다고 합니다. 그 위로 달항아리가 수없이 늘어서 있는 곳이었대요. 어머니는 우연히 한 항아리에 오래 눈을 주고. 조심스럽게 항아리를 안아 가슴에 품자 찰랑, 얕은 물소리 울려오고 꿈이 끝났다고 합니다. 그후로 어머니의 배가 점점 부풀고. 마침내 나를 만나게 된 것이라고 했습니다. 단 하룻밤의 꿈으로, 나는 인간의 말을 갖고 인간의 몸으로 어머니를 어머니로 맞아 태어나게 된 것이지요.

여기까지는 내가 시를 쓰며 지어낸 이야기입니다. 열다섯에요. 그로부터 나는 가슴 한편에 항아리 하나를 품은 것 같은 기분을 느꼈고요. 이따금 내 가슴속 텅 빈 항아리, 일렁이는 물소리 들려왔습니다.

내가 태어나고 세살이 되던 해, 어머니와 아버지가 헤어지고. 내가 열여섯이 되던 해, 아버지가 물속으로 사라지고. 나는 아무도 모르게 가슴속에 항아리를 품고, 이집 저집 떠도는 신세가 되고. 열일곱엔 이런 일도 있었는데요, 이팝나무 군락을 홀로 거닐던 봄밤. 크게 바람이 한번 불고. 우연히 눈을 준 이팝나무 한그루 잔잔하게 몸을 떨고 있었습니다. 무언가 뛰어내린 듯 미미한 진동. 바로 거기서 내 첫 고양이를 만나게 되었습니다. 맨다리 위에 살짝 쿵, 머리를 박고 뭉그대던 파란 고양이. 달빛 닮은 노란 눈동자 빛내며 나를 오래 기다렸다고 말해주었을 때. 일순, 바람이 멈추고.

내 첫 고양이는 사랑을 쟁취하려다 한쪽 눈을 잃고, 잃어버린 한쪽 눈으로 자기 마음을 들여다보는 고양이였어요. 아직도 나는 지난 사랑을 생각할 때면 조용히, 내 첫 고양이를 떠올립니다.

햇빛 비치는 나른한 봄의 오후, 시를 쓰려 작은 책상에 몸을 앉히면. 내 가슴속 항아리, 크게 출렁이는 날이 있어요. 이따금 얼굴도 모르는 어머니 생각에 빠져 내가 쓴 시를 꺼내보고. 이 시가 다 어디서 온 걸까, 상념에 젖고요. 나의 말,

나의 고백 이게 다 어디서 온 걸까. 감은 두 눈을 뜰 수 없을 때가 있어요.

오래전 스스로 물속으로 사라진 아버지와 나는 같은 마음의 병을 앓고 있지만. 내 첫 고양이 뛰어내린 이팝나무 향기, 내 방으로 불어오기도 해요. 봄날의 고양이들 사랑을 나누고요. 가슴 아픈 일들 어제 일처럼 생생해도. 지난 사랑 여전히 안녕, 인사 건네는 것도 같아요. 며칠 전 꿈엔 아버지가, 나를 닮지 마, 부탁을 하고 가시고. 오랜만에 아버지 사진을 꺼내봅니다. 두 볼, 콧잔등이 빨갛게 언 설산 속의 젊은 아버지예요. 호, 하고 입김을 불어봅니다. 이제 아무도 나를 혼내지 않지만. 내 첫 고양이처럼 눈 감고 나를 들여다보는 이런 날이면 오래도록 혼이 나고만 싶어요. 이런 것도 시가 되겠니, 시 같은 건 모르고 살 순 없겠니, 아버지가 혼을 내준다면 얼마나 좋을까요. 이런 내가 계속 시를 쓸 수 있을까, 나는 모르겠습니다.

눈 내린 들판입니다. 희고 넓은 그 길을 나 홀로 걸어가요. 끝없는 설원. 백지 앞에 눈을 감습니다. 한 글자 한 글자. 발자국 남기듯. 처음 걸음을 배우듯이 한 글자 한 글자, 다시 말을 배우는 것 같아요. 이 세계와 등진 채 맞닿아 있는 저곳으로. 두 눈 감고 걸어갑니다. 한 글자 한 글자 지워지는 저곳으로. 아무 말도 생각나지 않을 때까지 걸어가요.

언젠가 걸음이 다하면 나도 고양이도 잠들 텐데. 그때는 오래도록 잠만 자면 좋겠어요. 그래도 운이 좋으면, 어머니가 다시 나를 찾아 꿈을 빚을지도 모르지만. 단 하룻밤의 꿈으로 또 한번 나를 맞아줄지도 모르겠어요.

어머니라면 아버지라면, 다시 물소리 출렁이는 항아리를 품어야 한대도 나는 좋을 것 같은데요. 그래도 그때까지 나는 사람의 말은 잊을 거예요. 몸을 지울 거예요.

오늘은 내게도 낯선 흰 빛만이 비스듬히 내 방을 채우고 있습니다. 햇빛 속에 내려앉는 이 먼지들, 아무리 눈을 쥐도 나를 몰라보는 것 같고요. 환하게, 아주 환하게. 밝아집니다. 문득,

나는 시간을 느낄 수 없게 된 것 같습니다.

너 홀로 걷는 여름에

최선을 다했어요.

언제쯤 그런 말을 다 할 수 있을까요
여전히 나는 나 자신을 미워하고 꾸짖고 구박하는 여름
속의 나인데요

최선을 다했잖아요.

오랫동안 마음에 두었던 사랑을 떠올리면 들렸어요
나를 멈춰 서게 하는 목소리

나는 자살 유가족입니다

수년 전 여름, 울리다 만 아버지의 전화 소리가
돌연 내 머릿속을 가득 메우기 시작할 때
나 또한 그만두고 싶은 순간이 찾아와요

멍해지는 여름

하지만 어쩐 일인지
나를 멈춰 서게 하는 사랑 또한 나의 여름 속에 있습니다

지난겨울, 어두운 골목길
통조림 뚜껑에 손을 베이고
한쪽 눈을 잃은 고양이 두번씩 눈을 깜박이고
만지지 않고도 손결을 느끼고
말하지 않고도 대화가 이어지던 그 밤

처음으로 소리 내어 말해보고 싶었어요

최선을 다했잖아요.

매일 아침 일곱시
사과를 씻고 커피콩을 갈고 물을 끓이며
오늘의 날씨를 확인합니다

오늘의 창으로 오늘의 날씨를 맞이하며
내일의 시를 위해 오늘은 오늘의 시를 쓰기로 하고요

아직은 아무에게도 보여준 적 없는 나만의 시 나만의 놀이

나만의 장난을 이어갑니다

사랑과 물결 사랑과 햇빛 사랑과 올빼미 사랑과 학교 사랑과 운동장 사랑과 이파리 사랑과 물방울 사랑과 음악회 사랑과 소아과 사랑과 망원동 사랑과 숨바꼭질 사랑과 돌멩이 사랑과 열두시 사랑과 흰 개 사랑과 첫눈 사랑과 로댕 사랑과 자두 사랑과 구름 사랑과 낮잠 사랑과 자장가 사랑과 비올라 사랑과 유리잔 사랑과 부케 사랑과 박하 사랑과 히비스커스 사랑과
  꼬리풀 블루 꼬리풀 블루……

끝없는 놀이 끝에 슬픔이 조금 묻어난다면
잠시 멈추기로 합니다

또 한결 흘러가도록

약속했거든요

오늘 날씨는 어떻게 흘러갈까요

오후엔 약한 비 소식이 기다리고 있습니다

이 꿈에도 달의 뒷면 같은
내가 모르는 이야기 있을까

아무 일 없이 하루가 끝나고 자정이 되고 나는 고속버스 안에서 잠이 들어 있습니다. 반포터미널에서 전주, 아버지의 집으로 가는 검은 도로. 겨울의 버스 차창은 성에로 뒤덮여 모든 것이 포근해 보입니다. 밖은 불투명하게 가려지고 승객들은 저마다의 몽유 속에 가볍게 고개를 흔들고 있습니다. 나는 무거운 몸을 창에 기댄 채 꿈속으로 빠져듭니다. 등 돌린 어머니가 보입니다. 내가 세살 때, 다른 사랑을 찾아 나를 떠난 나의 어머니. 하얀 부엌. 뒷모습의 어머니는 통조림 뚜껑을 열고 있습니다. 크게 울려오는 통조림 뚜껑 소리. 뒤집힌 통조림에선 붉은 양귀비가 쏟아지기 시작합니다. 연이어 푸른 들판. 늪처럼 깊은 여름 밤하늘이 흘러넘칩니다. 검푸른 밤하늘에 눈을 줄 때마다 하나하나 별빛이 밝아집니다. 내 시야는 점점 넓어지고. 꿈의 모서리로부터 끝없는 기찻길이 놓이기 시작합니다. 시야는 점점 넓어지고. 기차 소리 들려오지만 기차는 보이지 않습니다. 더 넓혀갑니다. 이리저리 돌려가며 납작한 꿈을 부풀려봅니다. 부풀어오르는 내 여름밤. 기찻길. 별빛. 흔들리는 양귀비. 넓어지는 시야. 기차가 출발했던 곳까지 내달리는 나의 꿈. 내가 모르던 이야기들이 그곳에도 숨어 있습니다. 저 멀리 기둥 아래 한 사람의 그림자가 일렁이고. 그가 누구인지는 알 수 없지만 내 가슴속 슬픈 돌멩이. 슬픈 얼굴. 아버지라는 걸 압니다. 부풀어오르는 꿈. 또 한번 시야가 넓어지고. 또다른 기둥에 가려져 보이지 않는 한 사람이 보입니다. 시야를 넓혀 들여다봅니다. 내가 사랑했던 사람. 내 사랑. 반가운 마음에 다가갔을 때 온갖 이유로 떠나간 그와의 이별이 떠올랐습니다. 미움도 괴로움도 두려움도 없이 나는 그 시간을 다 지켜보고. 되돌려진 시간 속에 긴 오해를 풀어가고 슬픔과 화해하며. 넓어지는 꿈속에서. 나는 용기를 내 다시 사랑을 붙잡아봅니다. 사랑의 손을 잡고 걷습니다. 어쩐지 우리 둘 맨발로 가볍게 거닙니다. 상처 입은 여름풀. 짙은 향기를 풍겨옵니다. 음악이 흐릅니다. 내가 좋아하는 여린 피아노 음악. 우리 둘 이제 거의 음악 속에 들어온 것 같습니다. 두 발이 떠오르고 하늘을 나는 것 같습니다. 구름 사이를 지나며 어릴 적 내가 잃어버린 흰 개를 본 것도 같았습니다. 아무것도 바랄 것 없고 두려움 없는 마음. 나의 돌멩이, 나의 슬픔, 나를, 이기는 사랑을 내 손에 쥐고. 나는 음악처럼 더 가벼워집니다. 거의 없어질 듯. 그때. 사랑은 돌연 또 사라지고. 또 한번 온갖 이유가 내 앞에 놓여 있습니다. 나는 능숙하게 눈앞에 이유들을 하나하나 감추기 시작합니다.

두 발이 땅에 가까워지는 것 같습니다. 몸이 무거워지는 것 같습니다. 무거운 눈꺼풀. 밤의 버스에 앉아 있습니다. 어디로 가는 길인지 기억나지 않습니다. 아버지가 돌아가신 지도 수년이 흘렀는데 이 새벽 나는 어디로 가는 걸까. 아무리 생각을 되짚어봐도 이상합니다. 지금 나는 여름 밤길을 홀로 걷고 있으니까. 어디부터가 몽상의 시작이었을까. 사랑을 잃은 건 언제 적 일일까. 이 밤길은 왜 이렇게 길고 어두울까. 왜 아무도 보이지 않는 걸까. 얼마나 더 걸어야 집에 닿을까. 몽상의 끝에 나의 집 있을까. 백번의 사랑을 잃고 백두번째 사랑에 빠져 걷고 있는 이 밤. 지금 여기. 저 멀리 쫑긋 세운 하얗고 작은 두 귀. 멍한 두 눈이 보입니다. 내가 잃어버린 흰 개. 나는 힘껏 달려봅니다. 안아봅니다. 너무 많은 이야기를 품고 너무 오래 헤맨 나의 하얀 개. 따듯한 목욕. 옛날이야기. 담요 위의 잠. 부드럽고 깨끗한 음식. 작고 허름한 내 방 안에서 순한 숨을 내쉬는 작은 개. 내게 이렇게 해보라는 듯이. 나는 하얀 개를 따라 누워봅니다. 눈을 감아봅니다. 어수선한 몽상의 이미지를 하나하나 거두어봅니다. 하얗게 지워지는 머릿속. 순하고 느린 숨. 흰빛. 끝으로 나의 두 눈동자를 지워봅니다. 한없이 아름답고 가벼운 여름밤 내 가슴 위를 지나갑니다.

지혜의 시간

깊고, 뜨겁고, 서글퍼,
물 한잔을 마신다*는 지혜의 편지를 받고
나는 가만
지혜를 생각한다
지혜는 하루 열두시간 일을 한다

빵을 굽고 초콜릿 과자를 만들고
아이들에게 책을 읽어주고 노래를 가르치고
아픈 나무를 살피고 정원을 가꾸며
눈을 잃고 귀가 더 밝아진 친구와 함께 목적 없이 걷고
걷고
또 걷고
산골 할머니에게 바다를 그려 보내고
여전히 엄마 아빠를 기다리는 어른들을 위해 동화를 쓰고
어느새 배고픈 고양이를 만나고 오기도 하면서
지혜는 너무 바빠서
나는 지혜의 일을 다 헤아릴 수 없지만
가만 지혜를 떠올리는 이런 밤이면
지혜의 움직임은

성실하고 한결같고 부드러워
어린 날 나의 언덕이 펼쳐지는 듯

그 언덕의 양 끝에는 쌍둥이 천사가 언덕을 맞잡고
마치 이불을 털듯
부드럽게 언덕을 흐르게 했다

그러면 우리 어린이들이 달려가

뒹굴고 달리고
일부러 넘어지기까지 하면서 언덕과 놀고
넘어지기 위해 또다시 일어나 달리면서
흐르는 언덕을
더 흐르게 했다

변하고, 변하고, 변하도록

오늘도 지혜는 깊고 뜨겁고 서글퍼
열두시간의 사랑을 했고

열시간의 잠을 자고
완전한 잠

그 안에서

지혜의 쌍둥이 천사는
지혜조차 가늠할 수 없이 넓고 깊은 지혜의 언덕 양 끝에
서서
지혜의 중심을 흔들어주겠지

변하고

변하고

변하도록

상상해본다
눈 한번 깜박이는 것만으로도

중심이 뒤바뀌는 천사의 장난 속에
지혜가 바라볼 그곳
지혜의 시선 끝에서

나는 믿게 된다

지혜를 따라가면
내가 사랑하는 사람이 들려주던 달콤한 말을
또 한번 듣게 될 것만 같다고

까닭 없이 낮게
거의 쓰다듬듯 내 이름만을 여러번 속삭이거나

걱정 말고 조금 더 자,
같은

더 듣고 싶어 잠들 수 없게 하는
목소리

더 작은 소리 되고 바람 되고 어딘가로 숨어들어

여기 아니고
지금 아니고
언젠가
문득 예상치 못한 곳에서
우뚝 서서 듣게 될 것이라는 것을

지혜는 다 알고 있겠지

지혜에게는 아직
두 시간이 남아 있다

* 지혜의 말. 제주 애월에서 세 살 된 강아지 수복과 함께 산다.

• 참고도서

조연호 『저녁의 기원』, 최측의농간 2017.

에두아르도 콘 『숲은 생각한다』, 차은정 옮김, 사월의책 2018.

기형도 『입 속의 검은 잎』, 문학과지성사 1989.

로베르트 무질 『생전 유고 / 어리석음에 대하여』, 신지영 옮김, 워
크룸 프레스 2015.

여름이 맺힌 자리

소유정

겹쳐지는 밑그림

시의 몸을 이루는 재료로서의 말은 납작하지 않다. 작은 씨앗을 심어보니 뿌리를 내리고 잎이 돋아 꽃을 피우고 열매를 맺듯 시적 언어 역시 마찬가지다. 툭 던져진 시어 하나가 다른 어떤 장면을 불러올지에 대해서라면 말이다. 가령 이런 식이다. "벽을 그리면 방이 생기고/눈을 들이면 창이 열리고/의자를 그리면//한 사람이 걸어와 앉는다"(「한낮의 에스키스」). 벽으로부터 방이, 눈으로부터 창이, 의자로부터 한 사람이 생기듯 하나의 시어로부터 확장되는 이미지를 보여주며 시는 이렇듯 우리 앞에 펼쳐진다. 보이지 않는 대상에 대한 최초의 현현이라는 점에서 시는 본질적으로 에스키스와 닮아 있다. 어떤 시인은 많은 것을 보여주는 식의 밑그림을 그리기도 하지만, 인용한 시에서처럼 벽, 눈, 의자와 같은 몇개의 단어만으로도 한 사람의 세계가 열리는 장면을 그릴 수도 있다. 최지은의 첫번째 시집 『봄밤이 끝나가요, 때마침 시는 너무 짧고요』의 밑그림은 간결하며 대개 중복된다. "내가 세살 때, 다른 사랑을 찾아 나를 떠난 나의 어머니"(「이 꿈에도 달의 뒷면 같은 내가 모르는 이야기 있을까」), "오래전 스스로 물속으로 사라진 아버지"(「햇빛 비치는 나무 책상 위로 먼지, 내려앉는」), "잠든 할머니"(「눈 내리는 병원의 봄」)와 같이 화자와 가까운 존재였으나 지금은 그의 곁에 혹은 이 세상에 없는 이들에 대한 것이다. 시인-화자의 사적인 기억과 긴밀하게 연결되어 있는 이들의 이미지는 다양한 모습으로 그려지지는 않는다. 다만 분명한 것은 "나는 그 여름 속에 들어와 있었다"(「구름 숲에서 잠들어 있는 너희 어린이들에게」)거나 "여름이 꿈처럼 깊어지고 있었다"(「한없이 고요한, 여름 다락」)는 서술처럼 부재하는 이들과의 기억이 모두 여름의 일이라는 사실이다. 여름의 빛, 구름, 냄새와 소리, 그리고 죽거나 사라진 사람들에 대한 기억으로 그린 밑그림은 그 자체로는 아주 희미하다. 하지만 어둠이라야 눈에 띄는 빛이 있듯 시인이 안내하는 곳, "안개가 짙어지는 곳. 햇빛이 끝나는 곳. 완전한 어둠"(「밤, 겨울, 우유의 시간」)에 잠겨 있는 꿈속에 닿을 때면 희미했던 그림은 "보랏빛"(「창문 닫기」)으로 선명해진다. 기억에 덧붙은 이야기로 인해 밑그림은 무한한 시의 공간으로 점차 영역을 넓힌다. 이 사실을 잘 알고 있다는 듯 최지은의 시적 화자는 줄곧 기면 상태에 있다. 실현 가능성에 대한 것이 아니라 꿈속의 생각을 이어간다는 점에서 그는 훌륭한 몽상가이기도 하다. "어디부터가 몽상의 시작이었을까. 사랑을 잃은 건 언제 적 일일까. 이 밤길은 왜 이렇게 길고 어두울까. 왜 아무도 보이지 않는 걸까. 얼마나 더 걸어야 집에 닿을까. 몽상의 끝에 나의 집 있을까."(「이 꿈에도 달의 뒷면 같은 내가 모르는 이야기 있을까」) 스스로 던지는 물음의 끝엔 정말 그가 모르는 이야기가 있을까? 그를 따라 밀려오는 잠에 눈을 감고 어둠으로 깊이 침잠한다. 이내 꿈속이다. "이 꿈속에 너만 있는 건 아니야"(「메니에르의 숲」). 안심시키듯 속삭이는 목소리가 우리를 더 깊은 곳으로 이끈다. 손에는 익숙한 밑그림이 몇장 있다.

내가 만든 꿈

그런데 꿈의 문이 열렸을 때 우리를 감싸는 건 여름의 기운이 아니라 지독한 한기다. 어째서일까. 시적 화자가 꿈에서 만나는 이들이 밑그림으로 그려졌던 사람들과 동일하다는 것, 그리고 그들이 '나'로부터 상실된 이들이라는 것을 기억할 때, 상실에 기인한 결과로 눈에 띄는 계절의 변화가 나타났음을 짐작할 수 있다. 뜨거운 햇볕은 차디찬 냉기로 바뀌었고, 주변은 어느새 눈 덮인 설원으로 변모한 '나'

의 꿈을 여러차례 지나다보면 그의 밑그림에서 볼 수 있던 이미지가 유년의 기억을 바탕으로 반복되는 꿈으로 이어진다는 사실을 깨닫는다. 덧붙여지는 이야기로 조금씩 변주될 뿐 가족이라는 주요 등장인물은 대부분은 같은 꿈으로 말이다. 그것은 "이 꿈을 어떻게 끝내야 할까"(「부고」) 중얼거려보아도 끝나지 않는다. 꿈이라는 것을 인식하고 있음에도 '나'는 왜 이 끝나지 않는 꿈의 굴레를 벗어날 수 없는 것일까. 꿈으로의 진입은 어쩌면 상실한 이들을 다시 만나기 위해 거부하지 않은 '나'의 선택에 의한 것이기도 하다. 즉, 꿈은 생과 사의 경계를 허물어 지금 여기에 있지 않은 이들을 만날 수 있는 장소로 기능한다. 하지만 그들과의 만남이 '나'의 애틋한 마음을 전하고 그리움을 해소하려는 시도로만 읽히지는 않는다. 그들과 함께일 때면 화자는 시곗바늘을 거꾸로 돌리듯 「열일곱」 「열다섯」 「열세살」의 시에서 발견할 수 있는 것처럼 점점 더 어린 시절에 머무르게 되는데, 마침내 태어나기도 이전, "겨울 숲의 자두"(「칠월, 어느 아침」)였던 꿈으로 존재할 때를 여러번 조명하는 것은 주목할 만하다. 시계 없는 시간 속에서 뒷걸음질하는 '나'는 자신을 낳은 부모를 지나 더 이전의 상태, 그저 꿈이었던 상태에 도달하여 새로운 자기증명을 모색하고자 한다.

나를 낳은 사람과 낳은 사람을 낳은 사람들의 이야기 끝을 모르는 이야기 나는 작아지기도 했다 팔다리를 집어

넣고 기억을 지우고 끝으로 끝으로 뒷걸음질하기도 했다
깊은 밤을 배경에 두고 걷고 있었다 이야기는 나를 환대
하며 앞으로 앞으로 다가왔다 이야기 속에서 나는 태어나
고 있었다

—「내가 태어날 때까지」 부분

할머니는 속삭인다 어머니와 아버지는 여기 없어 자기
영혼을 망치는 영혼 바라보는 것만으로도 망가지는 바다
버려진 바다 바다의 영혼이 여기 있다고 가슴에 손을 얹
으며 그때 알았다 나는 작아지고 있었다 죽은 부모의 얼
굴을 잊을 때까지 나는 뒤로 걸었다 어머니와 아버지가
흰옷을 벗고 두려움을 모르고 약속을 모르고 겁을 모르고
비겁함을 모르고 마음을 모르고 나를 모르고 나는 나를
모를 때까지 밀려나는 풍경 사이로 기쁨은 어둠처럼 몰려
와 나를 재우고 나는 오래도록 잠에 들었다

—「오직 일어나지 않는 일들만 살아남는다」 부분

작아지고 뒤로 걸으며 기억을 지우고 모르고 싶어하는
'나'에게 끝나지 않는 꿈은 자신의 역사를 되짚어보게 하며
'나'로 하여금 그 역사의 기원을 다시 쓸 수 있게 만드는 매
개체로 작용한다. 지나온 시간을 더듬어보며 화자는 아버지
의 꿈으로부터 시작된 '나'의 역사에서 벗어나 최초의 고독
에 가까워진다. '나'를 재우던 "어머니의 소리 없는 목소리"

(「한없이 고요한, 여름 다락」) 너머, "아기 코끼리가 되고 아기 사슴이 되고. 요즘도 가끔 내 책상 아래서 코를 벌름거리는 하얀 토끼가 되어 꿈을 꾸"게 하는 "아버지의 목소리"(「목소리」)를 지난 후에야 맞이할 수 있는 고요는 어떻게 완전해질까. 이 시집에서 화자를 부르는 "다성의 목소리"(같은 시)는 '나'의 내면의 소리를 포함하여 주로 '나'의 생과 관련된 인물들의 것으로 이루어져 있다. 그렇기 때문에 오로지 '나' 자신만이 '나'를 이룰 수 있는 상태에 이르기 위해서는 여러 겹의 목소리를 하나의 주파수로 맞추는 일이 중요해 보인다. 바로 지금처럼.

　　그때 내 안에서 내가 나를 부르는 목소리. 낯설게 중얼거리는 다성의 목소리.

나는 밤이야 어둠이야

(…)

죽음

　그때에도 창밖에는 여전히
　누군가의 하얀 상자가 눈의 형상으로 내려앉고 있었지만 나는 이제 아무것도 품고 싶지 않다고 생각하면서 눈을 감는다.

안전하고 조금 슬픈 곳
등 돌린 아버지가 아득히 보이기 시작하는 곳

내가 미워하는 나의 시 속에서

하염없이 내리던 눈은
돌연

허공에 그대로 멎어버린 채

나는
눈을 감는다.

                                —「목소리」 부분

   내 안의 소리가 "밤"과 "어둠"을 말하다 끝내 "죽음"이라는 하나의 소리로 모일 때, 그가 최초의 고독에 닿기 위해서는 하나의 의식으로서 죽음이 선행되어야 한다는 것을 알 수 있다. 다시 태어나기 위해서라면 죽음 또한 피치 못할 것이므로 화자는 "내가 미워하는 나의 시 속에서" "등 돌린 아버지가 아득히 보이기 시작하는 곳"을 향해 눈을 감는다. '나'의 시작은 자신의 선택에 의한 것이 아니지만 끝은 그럴 수 있으므로, 시작을 위한 끝을 맞이하는 화자의 태도는 초연하다. 다시 눈을 뜨기 전까지 그는 "내가 아직 내가 아니었을 때" "무한의 깊이를 누리며 알 수 없는 곳으로 흘러가는, 거의 없는 듯 아주 가벼운 존재"(「햇빛 비치는 나무 책상 위로 먼지, 내려앉는」)의 상태로 유영한다. 내킬 때면 "새벽"이었다가 "구름"이었다가, "언 호수 아래 눈 뜬 물고기. 해 질녘 떠돌이 개. 곱슬머리 여자애까지. 모두 나였다"고 말할 수 있는 "숱한 꿈"(「목소리」)이 전부 그의 것이다. 최지은 시의 화자가 꿈의 자리를 전전하는 까닭이 또다시 누군가의 꿈이 되어 말과 몸을 가지기를 바라는 탓은 아닐 것이다. 다만 그는 타자에 의해 만들어진 꿈이 아니라 "내가 만든 꿈"(「밤, 겨울, 우유의 시간」) 안에서 스스로 꾸는 태몽으로 다시 태어나기를 바랄 뿐이다. 반복되는 꿈의 굴레를 끊어낼 수 있는 건 오로지 그 방법밖에 없으므로.

여름 문턱 앞에서

태어나기 위해 스스로 꾸어보는 꿈은 어떤 모습일까. 이 시집에는 두개의 태몽이 등장한다. 첫번째는 여러 시편에서 언급되었듯 아버지가 꾸었던 "겨울 숲의 자두"에 대한 꿈이고, 두번째는 어머니가 달항아리를 품었던 꿈이다.

하얀 들꽃이 지천으로 피어 있는 들판이었다고 합니다. 그 위로 달항아리가 수없이 늘어서 있는 곳이었대요. 어머니는 우연히 한 항아리에 오래 눈을 주고. 조심스럽게 항아리를 안아 가슴에 품자 찰랑, 얕은 물소리 울려오고 꿈이 끝났다고 합니다. 그후로 어머니의 배가 점점 부풀고. 마침내 나를 만나게 된 것이라고 했습니다. 단 하룻밤의 꿈으로, 나는 인간의 말을 갖고 인간의 몸으로 어머니를 어머니로 맞아 태어나게 된 것이지요.

여기까지는 내가 시를 쓰며 지어낸 이야기입니다. 열다섯이에요. 그로부터 나는 가슴 한편에 항아리 하나를 품은 것 같은 기분을 느꼈고. 이따금 내 가슴속 텅 빈 항아리, 일렁이는 물소리 들려왔습니다.

　　　　　──「햇빛 비치는 나무 책상 위로 먼지, 내려앉는」 부분

그러나 어머니가 꾸었다던 태몽은 사실 "내가 시를 쓰며 지어낸 이야기"로 실제 있었던 일은 아니다. 달항아리 꿈은 오히려 어머니가 아니라 화자가 시로 꾸었던 자신의 태몽과 같다. 다른 이가 아니라 자신이 스스로 꾸는 꿈으로 다시 태어난 '나'는 늘 "가슴 한편에 항아리 하나를 품은 것 같은 기분"으로 살아간다. 대체로 고요했으나 종종 가슴속에서 울려퍼지는 물소리를 감각하기도 하면서. 화자의 내면에 묵직하게 자리한 항아리와 그 안의 물은 좀처럼 마르지 않고 언

제나 잔잔하게 고여 있다. 그것은 일시적인 감정으로 가시지 않는, 언제나 '나'와 함께하는 슬픔일 것이다. 새어나가지 않고 마르지 않는 '나'의 슬픔은 가끔 눈에 띄게 "일렁이는 물소리"를 내며 시집 곳곳에서 들려온다. 앞서 살펴보았던 것처럼 어릴 적 부모님의 이별이나 아버지의 죽음과 같이 '나'에게서 쉽게 지워지지 않는 사건을 떠올릴 때면 유독 그러했다. 물의 파동처럼 내 안의 슬픔이 퍼져올 때면 어김없이 그것을 감각하고 슬픔 그대로를 기록하는 것이 최지은 시의 전반적인 흐름이지만 시집 말미에 놓인 몇편의 시에서는 화자의 오랜 고독과 슬픔을 나누어 지고 내면의 물소리를 멈추게 하는 유일한 존재가 등장한다.

당신은 가만 듣고만 있었어요

오래전 내가 남의 집에 보내야 했던
그 작고 어여쁜 개의 이름을,
홀로 집으로 돌아오던
그 밤의 드넓은 이야기를,

그때에도 내 안의 물소리는
이야기 속의 음악처럼 희미하게 흘렀고요

(…)

춥다,
말하면 개가 달려올까봐

진심 같은 거 약속 같은 거
아름다움은 그때 다 잊기로 했어요

나만은 만지지 못하는 나의 슬픔,
당신은 가만 듣고만 있었어요

그런 당신에게

서러워 말아요,
내가 다 위로를 건네고 싶었을 때

그러니,
이제 저 배고픈 개와
우리의 집으로 가요.

당신이 말하고

내가 돌아서고

네번의 계절

다시 말하고
나를 멈추게 하고

지금, 여기

복숭앗빛 포돗빛 귤빛 하늘도
하나둘 켜지는 마을의 불빛도
나를 멈춰 세우고

내 안의 물소리 그치게 하고

더는 늦지 않게
해야 할 말이 있다는 것을 알았습니다

나의 어둠,
슬픔,
나를 이기는 사랑에게

호박 반지 같은
짙은 석양

흐르는 시간 속에 마주 서보았습니다

―「청혼」부분

　'나'의 이야기에 가만히 귀를 기울이고, "나만은 만지지 못하는 나의 슬픔"이 더는 외롭지 않게 "우리의 집"으로 함께 가자고 말하는 당신이 그 유일한 사람이다. 하지만 당신의 말에도 '나'는 선뜻 그러겠노라 대답할 수 없다. 슬픔이 고여 있던 시간이 길었던 만큼 쉽지 않은 일이다. 계절이 네 번 흘러 "지금, 여기"에 이르러서야 비로소 '나'는 멈춰 설 수 있게 된다. 화자가 다른 어떠한 시간도 아닌 "지금, 여기"에 올곧게 서 있다는 사실은 꿈을 통해 계속해서 과거로 건너갔던 지난 시들과의 대비를 선명하게 한다. 그렇기에 지난 시간이 아니라 당신과 함께하는 이 순간과 이후의 시간을 그려보며 "더는 늦지 않게/해야 할 말이 있다는 것"을 깨닫고 행하는 과정은 지금의 '나'와 미래의 '나'에게 더없이 큰 의미로 작용한다. "나의 어둠,/슬픔,/나를 이기는 사랑"과 동행하는 날들 안에서 이제 흐르는 것은 '우리'의 시간뿐이다.

　지나온 슬픔을 나눌 이가 함께하기에 그는 조금 더 행복해졌을까? 어둠에 잠기는 일도, 꿈속을 헤매는 일도 여름의 햇살 너머로 잠시 미뤄두기를 바라며 꿈의 기록들을 다시금 돌아본다. 시에 맺힌 물기를 털어주며 '나'로서는 뱉어내지 못한 말이지만 대신 소리 내어 건네고 싶은 말이 있다. "최

선을 다했어요."(「너 홀로 걷는 여름에」) 삶을 사는 동안 '나'
는 내내 여름 안에 갇혀 있었지만, "나를 멈춰 서게 하는 사
랑 또한 나의 여름 속에 있"(「같은 시」)었으므로, '나'는 끝나
가는 봄밤을 조금은 후련하게 또 조금은 기대하며 보내는
얼굴일지도 모르겠다. 이제 시인은 슬픔을 이기는 사랑으로
이 여름을 기록할 것이다. 우리가 여름을 마주했을 때 그러
한 사랑으로 쓰인 시가 가장 앞에 놓여 있다면 한점의 바람
같은 힘을 얻을 수도 있을 것 같다. 그 힘으로 계절의 끝을
향해 가며 다음 여름을 또 기다릴 것이다. 그때에도 최지은
의 시가 봄밤의 끝과 여름의 시작에 놓여 있기를 바란다.

蘇柔玎 | 문학평론가

나와 눈 맞추어주는 나의 개가 어젯밤 내게 일러준 것.

인간, 여기 내가 있어.

몇편의 시를 묶고 또 버리며, 어쩌면 내가 하고 싶던 말이 결국 이것이 아니었을까 돌아본다. 여기 있음의 아름다움을 힘껏 사랑한다.

**

두려운 것은 더 두려워졌고 아름다운 것은 더 아름다워졌다. 나아갈 수 없어도 깊어지는 사랑을 생각한다는 이야기. 새로운 시를 쓰고 싶다는 이야기. "하늘은 이 정도면 충분하다"(Tennessee Williams)를 자꾸 되뇌는 봄밤.

**

　모두 밝힐 수 없을 만큼 시를 쓰는 데 많은 도움을 주신 분들을 생각한다. 특별히 이곳에는 편집자 이해인 선생님께 깊은 감사의 인사를 올린다.

　여전한 나의 어리석음과 미숙함을 나 역시 알지만. 부끄럽고 아프게 새기며 계속해보고 싶다. 어쩌면 그것이 여기 있음의 아름다움일지도 모르니까.

**

빛과 바람, 돌멩이와 언덕에게
내가 쓴 몇편의 시를 들려주고 싶다.

2021년 5월
검은 개 흰 개와 함께 최지은